El secreto de tu amor

Cathryn de Bourgh

Published by Cathryn de Bourgh, 2016.

EL SECRETO DE TU AMOR

First edition. January 23, 2016.

Copyright © 2016 Cathryn de Bourgh.

ISBN: 979-8224264292

Written by Cathryn de Bourgh.

TABLA DE CONTENIDOS
ÍNDICE GENERAL

El secreto de tu amor
Cathryn de Bourgh
Primera parte
Un invitado inesperado

EN LA SALA DE LA MODISTA francesa contemplaba el traje de novia con expresión ceñuda, nada conforme en realidad. Iba a casarme en un mes y todo debía ser perfecto pero diantres, no lo era... Tal vez el vestido no era lo que había esperado o mejor dicho, a lo mejor era la boda lo que me ponía nerviosa.

Mi madre se acercó sonriente al espejo observándome con detenimiento.

—Oh estás preciosa, Sophia. De veras, ese vestido te queda que ni pintado. Sólo te pido algo sí: ¡por favor no engordes!

La voz de mi madre se oía dulce, al igual que la expresión de sus ojos ambarinos, aunque estos expresaban cierta alarma y por supuesto no dejaba de recordarme que no podía engordar más porque mi peso ya estaba algo pasado pero se podía disimular porque tenía encantos.

—No lo sé... deja de fastidiar, no estoy gorda y si fuera así, no me preocupa —respondí.

Mi madre tenía cincuenta y dos años pero se veía mucho más joven luego de visitar una clínica privada del doctor Tomkins. Un cirujano ruso experto en embellecer y rejuvenecer a las mujeres.

Mi vestido de bodas estaba listo para que en menos de un mes pudiera casarme con Andrew Kensington, el joven millonario que me había presentado una amiga de mi madre hacía ya seis meses para que superara mi ruptura con Edward mi gran amor de la adolescencia. Y también para que consiguiera un buen partido como decía ella.

Pues lo había conseguido. Andrew tenía toda el porte de un príncipe azul: rubio, guapo y seguro de sí, divertido, luego de ser presentados habíamos vivido una aventura dulce y sensual y de pronto me dejé llevar por la relación y como él viajaba a menudo por su trabajo dijo que sería buena idea casarnos.

Casarnos bajo sus condiciones.

Nada de rutina, nada de infidelidades (reclamé yo) mucho sexo (insistió él) viajes y nada de niños por el momento.

A los veintitrés años nadie piensa en ser madre.

Tampoco en casarse. Mis amigas pensaban que estaba loca.

Ahora mi madre me felicitaba y decía con expresión taimada: "hiciste bien en aceptar porque sí tu lo desprecias otra lo querrá" dijo refiriéndose a la boda.

Tenía razón, hacía poco que nos conocíamos y casarnos con tanta prisa me asustaba pues temía que algo saliera mal.

Observé mi vestido con expresión soñadora. Parecía una princesa Disney casi con un traje de hermoso corsé ajustado resaltando mis encantos para luego ensancharse en una falda armada como del siglo XVII. O eso aseguraba mi modista que era muy entendida en el tema, yo no que no sabía nada de historia le decía que sí. La tela elegida había sido muy acertada y también el bordado del corsé. Rayos, ese vestido había salido una fortuna pero valía la pena.

"Se llama Madame Pompadour, no es de Disney" me había dicho mamá.

—¿Madame Pompadour?—pregunté entonces intrigada.

—Sí, la amante de uno de los Luises creo, no me preguntes cuál. Pero sé que el vestido se llama así por el escote, mangas y faldas. Es hermoso.

Ella tenía razón y sin embargo luego de probárselo tenía la sensación de que era muy pesado y la asfixiaba.

La modista una mujer bajita y gordita de cabello pelirrojo se me acercó para ajustar el corsé.

—Oh señora Ferbes, qué bonito trabajo ha hecho usted—mi madre se deshizo en halagos.

Tuve que posar un rato más hasta que el vestido quedó pronto.

Esperaba que no tuviera que hacer más pruebas.

—Ven, vamos a comer una ensalada en el restaurant chino, hay unas realmente deliciosas que tienen unas pocas calorías—dijo mi madre entonces.

Las dietas eran una obsesión para Ellen, siempre había sido así por eso al tener una hija algo regordeta como yo lo que hizo fue obligarme a hacer deporte.

Cuando llegamos al restaurant mi madre pidió el menú sin consultarme.

—Estás bárbara Sophia, no lo eches a perder con esas hamburguesas—le advirtió.

—Mamá basta, sabes que salí a tía Elisa nunca seré un palo como tú. No me interesa en realidad—le dije entonces.

Sus ojos ambarinos se abrieron de par en par.

—Dices eso para fastidiarme, ¿verdad?

—No... es la verdad. Me siento muy feliz con mi cuerpo, lo acepto. Además a mi novio le gustan mis kilillos de más.

Para mi madre yo estaba gorda. Diez quilos de más de acuerdo a su estatura era demasiado. Cuatro quilos era lo permitido. Y pensar que tiempo atrás me había ofrecido pagarle una clínica para quitarle el sobrepeso. Excepto que me negué de plano. Me gustaba tener pechos, cola y piernas, no tenía barriga así que ¿para qué preocuparse?

—Pero no engordes ahora por favor, come ensaladas una semana y verás que esa pancita desaparece—insistió.

Sí, ya conocía la historia. Ensaladas, todo diet y con gusto a rayos. Estaba harta de las dietas de mi madre, la había sometido a muchas dietas desde que era niña a pesar de que el médico que la atendía se lo había prohibido.

—No quiero ensalada es como comer pasto. Estoy harta, pediré algo que tenga pollo, necesito proteínas por favor, dame el menú—declaré.

Ellen aceptó vencida. Le había ganado.

Desde que me mudé a vivir sola comía lo que quería, algunas veces ensaladas y legumbres preparadas con muchos condimentos y aderezados con mayonesa, pero otras tantas me preparaba algo más suculento. Y hacía deporte, iba a gimnasia tres veces a la semana pero no adelgazaba, lo hacía por costumbre, para reunirme con mis amigas y charlar.

—Sophia, ¿qué tienes? ¿Por qué las proteínas?

—Estoy bien, sólo algo cansada con los preparativos. Y también nerviosa. No sé si sea buena idea.

No le decía toda la verdad.

No sólo estaba nerviosa por la boda.

—Me asusta el matrimonio, es algo tan serio y...

—¡Sophia, por favor! Es un buen partido. Un hombre rico, encantador y te adora. ¿Qué más puedes pedir?

Mi madre estaba escandalizada, temía que me arrepintiera y lo echara todo a perder.

—Es que no estoy enamorada mamá, lo quiero sí... nos divertimos juntos pero su familia es una peste. Ese contrato que me hicieron firmar y luego... creen que soy una interesada, que me caso con él porque es rico. No m engaño, lo piensan.

Además los Kensington eran unos estirados pero no lo dije, creo que mi madre lo entendió enseguida.

La vi hacer un gesto de "ah, bueno, ¿qué importa eso?"

—Son todos así, adoran el dinero porque les da poder y no les agrada que sus hijos se casen con mujeres que no son ricas ni famosas. Es un hecho. No tiene importancia. Él sí quiere casarse contigo. Está muy enamorado de ti. Además es un buen hombre, sano, sin vicios...

Suspiré. Tuve la sensación de que había escuchado esa frase muchas veces los últimos tiempos. Sobre lo importante que era encontrar al príncipe azul para ser feliz y Andrew lo era.

Comí el plato de papas y un pollo delicioso cortado en tiritas con verduras y pimientos en una salsa agridulce y cuando llegó el postre me sentí mejor.

—Son muchos cambios, mamá—dije de repente para romper el silencio—mudarme a otra ciudad, dejar mi trabajo... si algo sale mal perderé mi puesto en el Banco federal y eso me angustia un poco.

—Pero Sophia por favor, todas estuvimos nerviosas antes de casarnos es normal. ¿Por qué habría de salir mal? Además si tienes un marido rico dudo que quiera que trabajes. Tendrás que cambiar tus hábitos, ir a fiestas, acompañarle a todas partes y un trabajo se interpondría

Sí por supuesto.

Pero no todas las mujeres que iban a casarse descubrían que no estaban preparadas para dar ese paso luego de haber prometido que sí lo harían.

Más que nerviosa estaba asustada.

—Sophia... está sonando tu celular.

Era Andrew y pasaría a buscarme en una hora para ir a su apartamento.

No podía quejarme. Andrew era un hombre bueno, sano, y en la intimidad... era insaciable. Había aprendido tantas cosas con él que... pensé que si medía el sexo no tenía nada de qué preocuparme.

Aunque solo sea por el sexo cásate con él me decía una voz egoísta y lujuriosa. Y si algo sale mal y te divorcias y listo...

Cuando ese día fue a buscarme, no sólo estuvimos escogiendo el decorado del salón y otras nimiedades de la boda sino que me llevó a su apartamento para hacerme el amor como un demonio.

Mi ropa y mis dudas de la boda se esfumaron cuando mi vestido cayó por el piso y él atrapó mi boca mientras sus manos sujetaban mis pechos y los apretaba con suavidad. Era tierno y apasionado y en pocos minutos conseguía que me excitara y humedeciera...

—Eres deliciosa Sophie—él me llamaba así porque decía que se oía más francés. Y como era medio francesa y medio inglesa "Sophie" me iba al pelo...

Cerré mis ojos y gemí al sentir que su boca había llegado al centro de mi placer y su lengua jugaba abriendo mis labios hasta lograr que me rindiera por completo.

Entonces apareció en juego ese personaje que tanto me volvía loca, su inmenso pene, era tan delicioso y perfecto... Diablos, quería que entrara en cada rincón de mi cuerpo, que me invadiera con su humedad y placer.

Me encantaba sentirle gemir cuando atrapaba con mis labios esa inmensidad suave y rosada para devorarle y succionar de él porque eso me excitaba tanto como cuando desesperado atrapaba mis caderas y la hundía hasta el fondo.

Ahora me observaba fascinado poseído por un deseo intenso y lujurioso mientras yo me abrazaba a su cintura y lamía y succionaba un poco más hasta que él decía basta. Nos entendíamos de maravillas y podíamos pasar todo el día en la cama sin aburrirse.

—Eres perfecta Sophie, tan dulce... te amo.

Cada vez que me decía esas cosas sentía que tocaba cada fibra de mi ser porque me amaba y era maravilloso sentirse amada, venerada... Era una tonta al vacilar, el amor necesitaba tiempo, era como una planta que día a día debía ser regada y luego crecía fuerte y saludable.

—Ven aquí preciosa... —dijo atrapando y abriendo mis piernas despacio para la cópula dulce y perfecta. Cuando quedábamos así fundidos sentía que lo amaba y que nuestra relación valía mucho más que cualquier duda.

—Ven aquí francesita, todavía no he terminado contigo—su voz era una caricia sexual tan intensa que sentí que me humedecía esperando la revancha.

Debí quedarme dormida, exhausta y feliz las horas pasaron hasta que de pronto oí el timbre. Miré aturdida a mí alrededor y noté que se había hecho la noche. ¡Cómo volaba el tiempo cuando hacíamos el amor!

Alguien llamaba a la puerta y lo hacía con insistencia. ¿Quién sería?

—Andrew. Alguien llama—lo primero que hice fue intentar despertarlo.

Pero mi novio estaba dormido como piedra y no quería moverse. Tenía un sueño pesado, especialmente luego de tener sexo lo conocía bien...

Molesta busqué mi ropa interior ante la insistencia de los timbrazos. Tuve miedo de que ese alguien pudiera entrar con llaves. ¿Acaso alguien más tenía las llaves del departamento?

—Andrew despierta, vamos...—insistí.

Entonces sentí sus pasos y oí su voz. Fue todo tan rápido que no tuve tiempo a nada más que quedarme parada y de una pieza oyendo los pasos de alguien acercarse.

—Andrew ¿estás aquí? ¿Tienes alguna chica para compartir? Hoy realmente necesito desesperadamente a una de tus chicas amigo. He tenido un viaje de los mil demonios y mañana me espera...

Su parlamento se interrumpió al verme en la habitación medio desnuda cubriéndome con la sábana. No podía creer lo que estaba pasando.

Parecía uno de esos ejecutivos de la city de traje y gafas de sol que presumían autos y relojes caros, soberbios y guapos había dicho algo que la llenó de espanto. ¿Las chicas de Andrew? Su novio, su futuro marido ¿tenía chicas que compartía con su amigo? Se refería a... no, no podía ser verdad. Seguramente debía haber algún error.

—Hola preciosa... qué bonitos ojos tienes. No te cubras. No soy un sátiro. Soy el mejor amigo de Andrew... al parecer le has dado una noche de sexo inolvidable. El pobre no puede moverse... —señaló.

No apartaba sus ojos de los suyos mientras avanzaba despacio en su dirección. Alto, fornido, de mirada azul muy fría y cabello oscuro corto y levemente ondeado ese hombre me estaba devorando con los ojos como si fuera una ramera que quería conquistar.

—¿Quién es usted? ¿Cómo se atreve a entrar aquí?

Sentí ganas de gritar y no podía cubrirme, aunque agradecí tener al menos el traje de corsetería que era un vestido negro transparente.

Tal vez no se esperaba esa respuesta, lo vi hacer un gesto con sus manos mientras decía:

—Tranquila preciosa... no es necesario ponerse así. Traigo mucho dinero conmigo, acabo de hacer un buen negocio en Europa y... mira, puedo mostrarte la maleta.

—Dinero dices ¿Acaso me tomas por una ramera? Soy la novia de Andrew y vamos a casarnos en un mes. No soy una cualquiera y si no se marcha ahora, juro que gritaré.

Pensé que eso lo detendría.

—¿Su novia? Pero Andrew tiene muchas novias preciosa y siempre las comparte conmigo. ¿No lo sabías? ¿Cómo te llamas, princesa?—preguntó avanzando despacio hacia mí.

No pensaba decírselo por supuesto.

—¿Qué te importa? Estás mintiendo. Andrew jamás haría algo tan depravado. ¿Cómo lograste entrar?

Sus ojos azules brillaron.

—Bueno, es que Andrew me dio las llaves. Estuve aquí hace un mes, tenía una chica rubia muy guapa.

Yo no era rubia, mi cabello era oscuro al igual que mis ojos y me pregunté qué clase de broma pesada era esa.

—Eso no es verdad, lo que acabas de decir de mi novio.

—Pero yo no miento lindura. Temo que él te mintió a ti. ¿Qué va a casarse? ¿Es una broma? Aguarda... deja que te muestre algo.

Necesitaba vestirme y busqué mi vestido con desesperación mientras luchaba por despertar a Andrew. No soportaba que ese hombre me mirara como si fuera un trozo de carne y tampoco sus horribles insinuaciones de que me pagaría para tener sexo con él.

Lo vi que sacaba su inmenso celular y sonreía.

—Aquí están las pruebas de algunas de nuestras aventuras. Y escucha, hablé ayer con él le avisé que vendría antes y me quedaría unos días en el apartamento, luego seguiré viaje a Nueva York. Dijo que no había problema pero no me avisó que habría una chica tan linda esperándome.

No se movió mientras me extendía el celular. Lo tomé desconfiada mientras sujetaba la sábana que cubría mi cuerpo.

Entonces vi la filmación. Allí estaba mi prometido en una fiesta con chicas vestidas de forma muy llamativa. Era una fiesta privada para tener sexo y no quise ver el resto, me dio tanto asco.

—No tengas miedo ¿sí? Tal vez mi amigo te hizo creer que eres su novia pero no es verdad. Andrew es un playboy y como te dije tiene muchas novias, y siempre las comparte conmigo. Lamento que no te avisara...

Ante semejante amenaza temblé y mi impulso fue correr. Correr y alejarme de Andrew que me había mentido y además huir de ese pervertido que pretendía hacerlo conmigo sin esperar que lo aceptara como si tuviera algún derecho a ello.

Entonces vi mi vestido tirado en el suelo y me lo puse nerviosa notando que él me observaba.

—Escucha, no soy eso que dices ni que piensas y si intentas tocarme... juro que te denunciaré.

—¿De veras? Tú no tienes idea de con quién estás hablando ¿verdad? Vamos, te ves como una conejita de playboy y si dejaste así a mi amigo es porque lo hiciste muy bien. Míralo, no puede moverse... el muy tonto toma demasiado viagra, abusa del viagra para tenerla parada toda la noche—rió.

¿Qué Andrew tomaba viagra?

—¿Te sorprende? ¿Es que no la notabas muy dura?

Enrojecí al sentir su mirada y quise escapar de la habitación sintiendo que vivía una pesadilla. No podía estar pasando. Andrew no podía ser un malvado pervertido ni...tampoco eso que decía su amigo. ¿Y por qué aún tenía la llave del departamento si se suponía que Andrew me era fiel?

Corrí hasta la puerta al ver que mi novio no se despertaba pero al llegar noté que estaba cerrada y sin las llaves.

—Está cerrada preciosa, saqué las llaves—dijo el desconocido sonriéndome—Pero de quién huyes ¿de mí o de mi amigo? Ven aquí... yo no necesito viagra ¿sabes? Sin embargo mi amigo siempre consigue las chicas más guapas y tiernas... —dijo acercándose a mí.

Sentí su voz en mi espalda y temblé, no era miedosa por naturaleza pero me encontraba en apuros y lo mejor era no demostrar miedo.

—Abre la puerta ahora o comenzaré a gritar—lo amenacé con una voz que se oyó algo histérica.

Pero por dentro estaba cada vez más asustada, indefensa si ese cretino decidía atacarme. No era como mis amigas más bravas que podían enfrentar cazar un palo o cualquier objeto y enfrentar cualquier situación.

Y allí estaba el desconocido, mirándome con deseo, recorriendo mi cuerpo con su mirada lujuriosa, como un lobo hambriento de sexo. Sonreía mientras con su mano derecha bebía una cerveza en lata.

Observé que vestía un trajo azul marido muy costoso, con camisa blanca y corbata desabrochada. La pinta de un galán millonario de la cinta, guapo y libidinoso sólo que entonces no pensé que fuera guapo.

—Ey tranquila, no tengas miedo lindura, no soy un bruto, sé cómo tratar a una chica. No voy a hacerte daño. Creo que no me he presentado ni tampoco sé tu nombre. ¿Cómo te llamas y qué es esa historia de que vas a casarte con mi primo?

—Eso no te incumbe. Aléjate de mí ahora o gritaré, abre esa puerta. Si intentas hacerme daño juro que me defenderé y patearé tus bolas y eso te dolerá.

—OH, no por favor. No hagas eso... no es necesario. Creo que todo ha sido un malentendido.

Al ver que avanzaba retrocedí alejándome de la puerta, era en vano quedarme parada allí pues él no pensaba abrirla. Mejor sería regresar al cuarto o gritar como una loca hasta que alguien pudiera oírme.

—No te atrevas a acercarte más. No lo hagas. No soy una ramera.

—Es que no te acusé de que lo seas preciosa. Ven aquí...

Estaba atrapada y desesperada, corrí hasta el cuarto para despertar a Andrew con la esperanza de que me escuchara y ayudara.

—¡Andrew! Despierta por favor. ¡Andrew...!

Al fin se había movido y comenzaba a despertar y al ver que lloraba debió asustarse porque se incorporó inquieto.

—Sophie, ¿qué te pasa? ¿Qué tienes?

—Hay un hombre aquí, quiere que duerma con él y se niega a abrirme la puerta. Dijo que es tu amigo y que siempre comparten chicas—le respondí.

Andrew vio al desconocido que estaba parado frente a la puerta y palideció.

—Evan...

—Hola Andrew... qué bonita chica tienes, pero no quiere estar conmigo dice que es tu novia y van a casarse. Dime, ¿qué se ha fumado me pregunto yo? ¿De veras vas a casarte?

Su novio lo conocía.

—Es verdad—le respondió.

—¿Así? ¿Se casarán? Bueno haz lo que quieras pero convéncela de que esté conmigo, mi socio está desesperado.

Su socio era ese bulto protuberante en el pantalón, lo veía con claridad.

—Evan, lárgate ¿sí? Luego hablaremos. Hoy no puedes quedarte aquí. Búscate alguna zorra de hotel pero no te atrevas a tocar a Sophie porque te mataré ¿entiendes? Es mi prometida. No es una ramera, ve y búscate una.

"Evan" tardó un momento en asimilar esa información.

—Ya entiendo... por eso la tenías escondida. Es preciosa tu nueva chica, no serás tan egoísta de negármela. Me debes mucho Andy y tú lo sabes—insistió Evan.

Miré a Andrew con ansiedad y esperé que lo golpeara, que lo amenazara pero se quedó muy quieto sin decir nada mientras el desconocido se acercaba.

—Vamos. Sólo una vez. Un polvo fugaz... vine preparado. No habrá huellas ni culpa... luego la tendrás para ti y podrán casarse y ser felices para siempre.

No podía creer lo que oía.

—Vete a la mierda primo. Si la tocas te mato, no me obligues a darte una paliza. Sal de aquí. Sophie es mi prometida y es una chica decente. No la compartiré. Sobre mi cadáver la tocarás.

Al fin reaccionaba. Al fin demostraba que le importaba un poco pues por un instante temí que ese cretino tuviera razón y él estuviera dispuesto a compartirme. No era más que una zorra cualquiera para ese hombre, una muñeca que usaría para tener placer y nada más.

—¿Lo dices en serio?

—Muy en serio primo.

¿Entonces era su primo? ¡Dios santo! ¿Qué familia era esa?

—Vaya... ahora le recuerdo. Desgraciado, te robaste a la chica del Banco federal, yo la vi primero y...

Andrew enrojeció y acercándose a mí dijo conocerme del Banco.

—Bueno, tú te fuiste de viaje amigo, ¿qué querías? Ahora largo.

Pero ¿de qué hablaban? No entendía nada. Mejor largarme puesto que Evan no me movía.

Tomé mi ropa interior esparcida en el suelo y me encerré en el baño. Estaba en shock mientras unía las piezas de esa historia. Un cretino llegaba de viaje, entraba en el departamento de su novio y exigía dormir con la chica de turno. La ramera compartida. Porque al parecer Andrew siempre compartía sus mujeres con ese sujeto. "Evan". Que por cierto era su primo.

Luego de ponerme la ropa interior me sentí mejor, menos expuesta pero había llorado y tenía el maquillaje corrido así que me lavé la cara y respiré hondo.

Me habría dado un baño para quitarme la sensación de calor y traspiración pero temí que si lo hacía Evan entrara y me violara. Por un instante cuando me atrapó cerca de la puerta tuve miedo de que lo hiciera. ¿Qué habría pasado si Andrew no hubiera despertado y lo hubiera enfrentado?

Diablo, estaba tan asustada que no quería salir del baño, demoraba mientras oía parte de la conversación. Estaban hablando sí de algo pero no podía entender demasiado.

—No la compartiré, vete de aquí. Acabas de arruinarlo todo, imbécil.

Eso fue lo único que pude entender.

Salí del baño con intenciones de irme. Andrew tenía puesto los jeans y una remera azul de cuello.

—Aguarda Sophie, quédate... tenemos que hablar. Lamento mucho esto... —dijo Andrew.

Ahora quería convencerme de que todo había sido un malentendido ¿después que me llevé el susto de mi vida?

—No puedo creerlo Andrew pensé que tú eras un tipo sano, tranquilo que no... Jamás me imaginé que mientras estabas conmigo compartías mujeres con ese amigo tuyo como dos pervertidos.

Lo vi palidecer y al otro reír por lo bajo para luego decirme:

—No es lo que piensas ¿eh? No siempre compartimos. Sólo cuando la chica vale la pena. Preciosa. Mi oferta sigue en pie. Ya que acabas de dejar a mi amigo yo podría ser tu novio un tiempo y enseñarte algunas cosas nuevas...

Andrew intervino y estuvo a punto de golpearlo.

Busqué nerviosa mi cartera y me paré frente a la puerta.

—Sophie, no, no te vayas.

—No soy Sophie, soy Sophia.

—Está bien... pero no... Lo que dijo Evan no es verdad.

Evan no hizo ningún esfuerzo por defender a su amigo. Lo miré furiosa. Qué hombre tan desagradable. El típico niño rico pervertido acostumbrado a hacer lo que quería.

—Abre la puerta Andrew—dije entonces. Sólo quería irme y olvidar todo lo que había oído y visto ese día.

—No puedes irte así—protestó él con desesperación.

Intentó besarme, abrazarme y terminamos forcejeando y en esos momentos habría descargado toda mi rabia en él pero me contuve. Debía dominarme.

—Cálmate, tenemos que hablar.

—Sí, hablemos los tres. Sophia, Andrew no hizo nada fue mi culpa. Es que en el pasado, ya sabes... Pero al parecer mi amigo ahora será un hombre casado y fiel. Vamos, no seas tan prejuiciosa. Los hombres como Andrew, como yo, tenemos una vida distinta a la gente común.

¿Ahora él pretendía intervenir a favor de Andrew después que lo había acusado de ser un libertino libidinoso que compartía mujeres con él? ¡Qué descaro!

—¡Cállate, bastardo!—respondió Andrew.

Quería irme y nada de lo que dijeran ambos me convencería de lo contrario. Había pasado un momento horrible.

Durante meses había salido con Andrew y jamás mencionó a Evan, dormí muchas veces en su apartamento y pensé que había sido la única, que me amaba y que no era como esos sinvergüenzas que tenían otra escondida. Pero ahora dudaba. ¿Su amigo del alma no sabía que tenía novia e iba a casarse en un mes? Entonces no era tan amigo como decía o... Yo no era realmente ni su amor, ni la chica con quién pensaba casarse.

Mi cabeza era un embrollo cuando finalmente escapé de ese apartamento y logré meterme en un taxi y regresar a casa. Muchas cosas me daban vuelta y lloré de rabia liberando toda la angustia y los nervios que había pasado en la última hora en el apartamento de Andrew.

NO ME QUEDÉ EN EL APARTAMENTO que compartía con las chicas porque sabía que él me buscaría, que iría en la mañana o tal vez en la tarde a intentar convencerme. Lo mejor era escapar y lo hice visitando a mi mejor amiga que se encontraba de vacaciones en Long Island con una tía.

Alice sabía toda mi vida, tenía otras amigas pero en los peores momentos siempre acudía a ella pues nunca había sido fácil para mí hablar de mi misma. Mis otras amigas eran mucho más extrovertidas sin embargo a mí me costaba mucho abrirme.

Ahora necesitaba desesperadamente hablar con alguien y no lo hice con mis compañeras de piso porque no eran tan amigas y además debo admitir que lo que había pasado me avergonzaba bastante.

Alice era muy especial, tenía mundo y sabía que me entendería. Allí estaba pintando frente a la playa con su tía octogenaria que llevaba un sombrero y un vestido floreado transparente que le quedaba muy bien. Sabía que estaban en la playa porque una empleada me avisó.

Qué lindo era poder dejar la ciudad y adentrarse en un lugar de veraneo tan bonito como ese, tuve la sensación de que me quitaba una maleta de encima.

Sí, tal vez debí llamar a mi madre pero no lo hice. Éramos buenas amigas sí pero no al punto de hablar de ciertas cosas.

Alice me vio casi enseguida y su tía poco después. No había podido quitarme los jeans y ponerme algo más fresco, tenía prisa por ver a mi amiga y me estaba cocinando en ese lugar.

—¡Hola Sophia! ¿Eres tú?—mi amiga pelirroja sonrió y dejó el pincel.

Supo que algo me pasaba nada más verme de cerca pero su tía acaparó la conversación preguntándome por mi madre con quién tenía amistad.

Cuando nos quedamos solas; mientras la tía de Alice se daba un baño de mar, le conté lo que había pasado.

Ella no pareció sorprenderse.

—Bueno, pero Andrew te defendió, deberías denunciar a su amigo por intento de abuso. ¿Por qué no lo hiciste?—dijo de pronto.

—Es que no me atreví, sólo pensé en escapar, en alejarme...

—Sí, te entiendo pero... ¿qué vas a hacer ahora?

—No lo sé... No quiero verlo de nuevo, ni hablar. Creo que no estoy preparada para casarme y me dejé llevar como una tonta. Envolver es la palabra correcta, Andrew me envolvió y ahora entiendo que es como muchos otros de su clase. Un pervertido.

—Bueno, no sé si pervertido sea una palabra justa.

—¿Ah no?

—Sólo salía con chicas y luego se las pasaba a su amigo. Existen esas cosas.

—¿Dos hombres con una chica a la vez? Es repugnante.

—Bueno, a veces son más de dos. ¿Recuerdas a esa chica de la universidad que era nuestra amiga?

—Pero ella confesó que estaba ebria.

—Sí, por supuesto. Es lo que siempre dicen...

—¿Y tú crees que debo entender esto y perdonarlo?

—No... yo no te diría que hicieras algo que va en contra de tus sentimientos. Me parece que lo que está fallando en tu relación es otra cosa. Tú no lo amas. Sé que esa amiga de tu madre te lo metió por los ojos y que todos creen que si te casas con él resolverás tu vida pero yo no creo que sea tan buena idea. Si tiene esas costumbres... tal vez haya cambiado sí pero...

Mi teléfono celular comenzó a sonar. Era Andrew, la primera de las seis llamadas que recibí ese día.

Tuve que apagar el teléfono. No estaba de humor para hablar ni mucho menos para reunirme con él. Quiso saber dónde estaba pero no se lo dije.

Mientras regresábamos a casa de su tía pensé que Alice tenía razón. No lo amaba y además me había defraudado. Sabía que no estaba preparada para casarme antes y esta había sido la excusa para romper una relación que fue bonita, intensa y sensual sí, pero... verlo todos los días, viajar con él a todas partes y ver de nuevo a ese Evan me crispaba los nervios.

Había que estar muy enamorada para seguir adelante y yo no lo estaba. Pensé que había olvidado a Edward pero sólo había estado saliendo con alguien para sentirme bien. El sexo, su compañía divertida todo era como un bálsamo como ir a unos de esos spa para adinerados: un viaje a un lugar distinto para lograr vencer la melancolía y el dolor que había significado romper con mi primer y único amor. Luego de sufrir el engaño en carne propia y sentir que todo se derrumbaba a mí alrededor, busqué un hombre que fuera bueno y tranquilo, que me amara y me fuera fiel. Pensé que Andrew Kesington era ese hombre. Él realmente me hizo sentir amada pero tal vez sólo quería acostarse conmigo y como le gustaba decidió continuar la relación.

—Creo que es lo mejor, te ayudará a darte cuenta de lo que sientes... me parece que no todo está tan claro en tu cabeza ni en tu corazón—dijo Alice luego del almuerzo cuando nos tendimos en una tumbona en el jardín.

Podía sentir el murmullo del mar a lo lejos y ese sonido me calmaba. Sí, tal vez tenía razón. Tal vez me dolía no sólo porque me sentía desilusionada sino porque algo lo quería.

Mi estadía en Long Island me hizo mucho bien pero se acercaba el lunes y debía regresar a mi trabajo. La vida continuaba.

Mi vida sin Andrew.

Al menos mi trabajo en una entidad bancaria era un empleo dinámico que exigía toda mi concentración. Como era bonita y paciente me habían dejado para atender público y eso hacía que no tuviera que estar ocho horas haciendo cuentas, presentando informes, actualizando cuentas como antes. Una compañera dijo que en realidad me habían degradado al enviarme a atención al público pero eso no me importó pues me habían dado un incentivo extra para que aceptara.

Por supuesto que la gente no siempre iba al banco mostrándose amable y hubo un cliente que se pasó todo el tiempo mirando mis labios y mi escote de forma alterna pero eso fue un día. Normalmente las personas que atendía eran amables.

Ese día sin embargo estuvieron fatales.

Una anciana histérica porque había perdido la tarjeta y decía que alguien había usurpado la cuenta y realizado retiros.

Luego de mover cielo y tierra terminó confesando que no era esa la tarjeta sino de otro banco pues la tarjeta que denunció como perdida la tenía en su bolso.

Todo pareció normalizarse hasta que llegó un hombre muy parecido a Evan que sólo quería informarse de una línea de crédito y aprovechó para decirme que tenía ojos muy hermosos.

"¿Puedo invitarte una copa muñeca? Yo podría conseguirte un trabajo mucho mejor que este, ¿sabes?" Dijo.

Sí por supuesto. Imaginaba qué clase de trabajo sería.

Le di las gracias pero me mantuve firme, amable pero firme.

El joven sacó una tarjeta de su billetera.

—Si cambias de opinión llámame, preciosa... —dijo.

Era un hombre muy guapo pero no pensaba llamarlo.

Lo raro fue que Andrew no me buscara ese día ni al siguiente. Y que en cambio me llamaron los que estaban organizando la boda y me llegaran una docena de cartas ofreciéndome salón de fiesta, noche de bodas en un lujoso hotel de Nueva York...

Entonces llamó mi madre para saber cómo estaba.

Por alguna razón extraña no le dije que había peleado con Andrew. Demonios la modista me avisó que mi vestido estaba pronto y no fui capaz de decirle que no habría boda y que no pensaba ir a buscar el traje de novia.

—Vaya, qué cara de novia enamorada tienes—dijo Lis una de las chicas con quién compartía el piso.

Sus dos amigas de piso no eran íntimas pero la conocían bien o tal vez se le notaba demasiado.

—Es que acabo de pelear con Andrew y no sé si habrá boda.

Los ojos de lis se pusieron como platos luciendo más saltones que de costumbre.

—Vaya... ¿y qué pasó? ¿Lo viste con otra? Qué espanto.

Sí, ella era de decir las cosas así, era muy frontal.

—No, no fue por otra...

No tenía ganas de hablar del asunto, era un tema difícil y Lis no era tan amiga mía. Ella solía contarme sus cosas sí pero sus problemas eran muy distintos. Salía con una chica hacía tiempo y sus padres no lo aceptaban porque antes había salido con chicos y...

Beatriz en cambio salía con un hombre casado y había cometido el error de enamorarse. Sus vidas eran tan distintas.

Pero ambas eran muy abiertas, podía contarles que mi novio era un demente que compartía sus chicas con un amigo no sabía si porque este lo obligaba o porque a él le gustaba eso. ¿Pero qué placer podía sentir haciéndolo con una chica que se prestaba para eso? ¿El placer era ver el plátano de su amigo hundiéndolo en varios sitios a la vez? ¿Sería como una homosexualidad encubierta, reprimida? No tenía ni idea porque esa perversión jamás se le había ocurrido ni en broma.

Todavía estaba furiosa por todo y mientras bebía una cerveza bien fría largué el rollo. Tal vez Lis pudiera entenderlo y explicarme por qué mi novio hacía o había hecho esas cosas.

—¿Qué? Bueno no me sorprende. Esos millonarios...oye no es que sean prejuicios ¿entiendes? Pero tienen una actividad sexual intensa todos ellos, y si eso lo mezclan con drogas y amigos como ese...

—Intentó meterme su cosa enorme, cuando me acorraló en el comedor te juro que pensé que abusaría de mí.

Lis se puso muy seria.

—¿Y crees que Andrew iba a permitirlo?

—No... él me defendió pero lo que dijo ese Evan... no se me quita de la cabeza. Dijo que siempre le prestaba sus chicas, las compartían porque él... me dio a entender que Andrew se las conseguía tiernas y bonitas. Como si fuera una especie de tributo. Ahora me pregunto ¿acaso su amigo no puede conseguirlas por sí mismo?

—No, no es eso... sabes una vez salí con un hombre que en el pasado participaba en esas prácticas. Varios hombres con una chica que por lo general se droga o es muy liviana. Lo que no sabes es si los dos estaban con ella al mismo tiempo o lo hacían por separado.

—¿Y eso qué cambiaría? Ese sujeto pretendió metérmela sólo porque yo era la chica de Andrew y él siempre le prestaba sus chicas. ¿Si me caso con él querrá compartirme también? Pensé que me amaba, me lo dijo tantas veces, me hizo sentir especial y ahora...

—Bueno, tal vez es un viejo amigo de juerga que no sabía nada de tu compromiso.

—¿Qué no sabía nada? Pues lo dudo. Salió en todas las revistas. Es su amigo cercano, ¿no le comentó nada de nuestra boda?

—Tal vez para que se mantuviera alejado de ti.

—Pues ya no sé qué pensar Lis. No me agrada este asunto y creo que lo mejor será separarme.

Un timbrazo me hizo saltar de la silla.

Fui a atender algo mareada por la cerveza sabiendo que sería Andrew como si sintiera su presencia.

Llevaba días sin llamar y cuando abrí la puerta y lo vi sentí algo muy fuerte. Rabia, dolor, y también ganas de llorar. Me había afectado mucho más de lo que creía.

Y no lo vi bien. Su cabello rubio lucía despeinado, el rostro con una barba de unos días, no le quedaba mal pero algo en sus ojos me dijo que él también lo había pasado mal.

—Sophie, por favor, no me cierres la puerta ahora necesito hablar contigo, explicarte... y decirte que lamento mucho lo que pasó esa noche, jamás debió ocurrir.

Era lo que quería oír, me daba cuenta de que su dolor me causaba cierta satisfacción porque lo vi mal, nervioso, tenso, deprimido. Yo le importaba, sabía que me quería pero...

Acepté hablar con él, ir a cenar a un lugar tranquilo pero antes lo hice esperar. Necesitaba darme un baño para quitarme el cansancio y la cerveza que había bebido.

También deseaba estar arreglada. Odiaba que me viera mal así que luego de darme una ducha rápida tomé prestado el rímel de Lis para resaltar mis ojos de un castaño raro y mis labios. Me parecía mucho a mi madre sólo que mi tez era más pálida y mi cabello era ondeado y de una tonalidad oscura. En la escuela me llamaban Blancanieves y se reían por mi parecido con la princesa Disney pero esto lejos de molestarme me halagaba pues en la adolescencia los mismos que reían se peleaban por conseguir una cita conmigo y lograr que perdiera la virginidad.

Pero siempre he sido rencorosa y a pesar de que esos chicos luego se volvieron guapos y atléticos no dejé que ninguno se diera el gusto de decir que me había desvirgado. Supe que hacían apuestas y eso me fastidió bastante. Además no olvidé las bromas que me gastaban de niña.

No. Mi virginidad la entregué al entrenador del equipo de fútbol, un hombre de verdad. Diablos, Edward tenía veintiséis pero siendo una adolescente inmadura y soñadora para mí era todo un hombre. Y fue una buena elección, con él aprendí todo del sexo, me enamoró y vivimos un amor que duró años, que fue tan perfecto...

"Nada es perfecto Sophia, deja de buscar el hombre perfecto" le había dicho su madre. A ella no le hizo gracia que se enamorara de un simple entrenador y pensó que era un capricho de juventud.

Pero al ver que su capricho le duraba fue muy franca y le dijo: "¿de qué vivirán? Sólo tiene un buen auto. No tiene futuro y las pasarás mal cuando quieras tener hijos y veas que les falta todo. Sufrirás. No te cases con él Sophia, madura. El matrimonio es un asunto muy serio."

"El matrimonio es un negocio bebé, tendrás un socio y tú deberás trabajar el doble para mantener la casa" le había dicho su padre siempre tan práctico y materialista. Un empresario exitoso que medía todo como un negocio. Sin embargo descubrió que tenía razón no porque dijera que casarse con Edward sería un negocio desastroso sino porque le advirtió que él la manipulaba a su antojo porque era un hombre y ella era muy ingenua y confiada.

Entonces descubrí que tenía otra desde hacía tiempo y todo se fue al diablo.

Y para vengarme salí con un chico que siempre había estado enamorado de mí y se ponía muy colorado cuando me veía. Una tarde lo pesqué espiándome y le pregunté por qué hacía eso.

Ya no era un adolescente flaco y desgarbado ahora era un hombre guapo y atlético. De cabello muy oscuro y ojos muy verdes y rasgados sabía que tenía sangre italiana y eso lo hacía mucho más atractivo.

—Porque me gustas y quiero salir contigo—fue su repuesta.

Por primera vez se atrevió a hablarle, y yo que lo creí tan tímido.

—Está bien... podemos salir...

Fuimos al cine y días después lo hicimos en su cuarto. Necesité de dos cervezas para relajarme y seguir adelante aunque luego me sentí como una ramera por haber llegado tan lejos en una primera cita.

Dos meses duró esa relación de sexo y poco más.

Era incapaz de sentir algo por él, sólo quería vengarme de Edward, que me viera con otro para que me dejara en paz. Temía que me convenciera de volver...

Diablos, ¿por qué se acordaba de Luke? Tal vez porque lo lastimé sin querer sabiendo que era un buen hombre y no se lo merecía.

Luke solía llamarme en mi cumpleaños pero ya no lo veía porque me había mudado. Luego apareció Andrew y pensé que necesitaba recomenzar, tener una relación placentera y estable, no hice planes de boda, fue mi madre quién comenzó a llenarme la cabeza con que debía atraparle y llevarlo al altar.

Ahora no estaba segura de que eso fuera una buena idea.

Volví al presente y noté que Andrew manejaba a mucha velocidad pero no hablábamos más que de temas triviales.

Sólo cuando llegamos a un pequeño restaurant del centro llamado Il piacere habló.

—Lo lamento, Sophia.

Vaya, al fin me decía mi nombre de forma correcta.

—Es que Evan no sabía nada y pensó que tú...

—Sí, que era una conejita de playboy, una ramera que tú ibas a compartir con él.

Andrew se puso pálido y yo le dije lo que pensaba de todo ese asunto.

—¿Así que tú compartías a tus amigas con Evan? ¿Y acaso lo hacían los dos a la vez? ¿Cómo era eso?

Andrew me miró avergonzado.

—No... no era eso pero en el pasado sí participé de fiestas privadas y compartí chicas con Evan. Pero no siempre.

—¿Y por qué tenías que compartirla? Realmente no entiendo qué placer encontrabas en una práctica tan humillante. Ver que una chica que sale contigo es cogida por otro en tu cara. La otra noche ese desgraciado intentó abusarme, no tuvo ningún respeto por mí ni tampoco escrúpulos. Daba por sentado que podría hacerlo conmigo.

—Eso no es verdad, yo no iba a permitirlo.

Tomé aire porque estaba enfureciéndome demasiado.

—Andrew, tú dormías como lirón, no podía despertarte y tuve que gritar y correr, defenderme de ese sujeto y... fue una situación muy desagradable para mí. No sólo intentó abusar de mí sino que me contó que siempre compartían chicas.

Él tomó mi mano.

—Sophie por favor, lo lamento mucho. Escucha, Evan no es un pervertido, jamás te habría forzado. No iba a hacerlo, dijo que no te tocó ni tampoco lo intentó pero... es que pensó que eras otra clase de chica y está muy apenado por lo que pasó, ofreció disculparse contigo pero le dije que no sería buena idea.

—¿Y cómo es que llega tu amigo, o mejor dicho tu primo de viaje y no sabe que estás por casarte? Y me dice que ... tú siempre llevas chicas nuevas al departamento y no tienes problema en compartirlas con él.

La pregunta lo puso incómodo.

—Eso fue antes, hace tiempo. Evan no vive aquí, tiene un departamento en Londres y en Nueva York, viaja mucho y hacía meses que no lo veía. No lo veo a menudo y lo que dices no es verdad. Jamás compartí una chica con él.

—Pero él dijo que fue a buscar una chica esa noche como si supiera que la encontraría, Andrew. Vamos, en todos lados figuran nuestras fotografías. ¿Por qué fingió que no sabía que íbamos a casarnos, y dijo que yo no era tu novia?

Él negó esa posibilidad.

—No lo sé, tal vez había bebido de más, siempre bebe cerveza y... Fue un mal momento para ti y te pido mil disculpas pero por favor no creas una palabra de esa historia porque no es verdad. Evan había bebido y él mismo entendió que no estuvo bien. Sophie yo te amo por favor, perdóname, te prometo que no volverá a ocurrir. Quiero casarme contigo Sophie, formar una familia, llegar del trabajo y verte... sabes que no sueño con otra cosa. Vamos a casarnos, jamás le pedí matrimonio a otra mujer, jamás pensé que me casaría hasta que te conocí. Te pido perdón por el mal momento que pasaste, te ruego que me perdones. Jamás planee esto, Evan no debió decirte esas cosas ni tampoco intentar tocarte. Nunca más se acercará a ti si lo hace lo mato. Eso quedó muy claro ahora.

¿Quedó claro? ¿Entonces antes no estaba muy claro?

Vacilé, comencé a aflojar. Dijo que me amaba y no supe qué hacer. Estaba decidida a terminar mi relación pero Andrew tenía algo que me envolvía, que me convencía...

Diablos, estaba involucrada con él mucho más de lo que imaginaba. No era la boda, era la sensación de perderlo lo que me angustiaba.

—Sophie, no llores... tú eres lo único bueno que me ha pasado. Lo eres... eres todo para mí ahora. Te pido perdón por todo esto y quiero que sepas que Evan no iba a abusar de ti, no sería capaz. Esperaba que tú lo hicieras y se confundió... luego entendió que se había equivocado. Te lo aseguro.

—¿De veras? Y sin embargo lo vi tomarse una cerveza y quedarse en el apartamento contigo esa noche—le respondí.

—Se quedó una hora lo que duró nuestra disputa, luego se fue.

—Bueno, eso no importa lo que quiero decirte es que me sentí muy mal, ese hombre me hizo sentir como lo peor. Una chica que se usa para sacarse las ganas, como desahogo. Y hasta me ofreció dinero, llegó a ofrecerme dinero en efectivo que tenía en la maleta.

—¿Lo hizo?

—Sí...

—No lo sabía... Es que él siempre sale con chicas y paga por sexo y por eso se confundió. Fue mi culpa, debí decirle pero... es que me parece todo tan insólito. No tengo por qué decirle a Evan que voy a casarme cuando hacía meses que no lo veía ni me lo cruzaba.

Andrew prometió que Evan me dejaría en paz y que no volvería ni de broma a su apartamento. ¿Pero era su socio en la empresa familiar? ¿Socio y antiguo compañero de aventuras? ¿Qué tan antiguas eran esas correrías? Tuve dudas, tuve miedo al saber que mi futuro esposo tenía secretos.

—Andrew... creo que necesito tiempo. No estoy segura de querer seguir adelante con la boda ahora. Lo que pasó me ayudó a entender que tal vez nos precipitamos—le dije entonces.

Eso lo asustó.

—Pero Sophie... no digas eso. Si quieres puedo darte un tiempo...

Noté que volvía a sufrir esas jaquecas porque se agarraba la cabeza y le ofrecí un vaso de agua.

Él sacó unas píldoras de su saco y las tomó con rapidez.

Sufría de migrañas por el estrés, al menos eso le había dicho el médico.

—Hola Sophia!

Un hombre joven y muy alto me saludaba cordial. A su lado estaba el mozo que nos entregaba la cena.

—Luke Alexander, no puedo creerlo. ¿Qué haces aquí?—dije.

Qué guapo estaba. Los años le habían dado más aplomo. Y a juzgar por la expresión de sus ojos todavía se acordaba de mí.

—Cómo estás preciosa... te ves esplendida.

—Gracias.

—¿Y qué haces aquí?

—Pues este es mi restaurant y al verte llegar te reconocí al instante. Acabamos de abrir hace cosa de un mes con Richard Murray, ¿te acuerdas de él?

—¿De veras?

Richard Murray era el mejor en ciencia y su sueño era ser un científico de la Nasa como el suyo era ser viajera de la National Geographic... sueños de infancia que no siempre se llegaban a cumplir. Luke soñaba con correr fórmula uno y trabajaba en el taller de su padre pero ahora tenía un restaurant de comida italiana.

—Te felicito Luke.

—Gracias, Sophia... estás hermosa.

Andrew estaba celoso pues había quedado completamente de lado en la conversación. No los presenté pues Luke tuvo que irse a atender su restaurant.

—¿Y ese amigo tuyo? No me digas nada, es un viejo admirador—dijo Andrew.

—Fue algo más que eso—le respondí—salimos un tiempo.

La cara de Andrew era un cuadro.

—¿De veras? Pensé que sólo había sido Edward.

—No... también fue Luke.

Los ojos de mi novio echaban chispas.

—¿Así? ¿Y qué tal estuvo?—preguntó irónico.

Lo miré furiosa.

—¿Y cómo estuvo dormir con esas chicas que compartías con Evan? Dime, ¿él te pagaba para que le consiguieras chicas para compartir?

Me puse agresiva, no lo pude evitar. Que él viniera a pedirme explicaciones que tuviera que decirle cómo había sido dormir con Luke era el colmo.

—Sophie, olvida ese asunto. Es parte del pasado. No puedo responder por ello, porque ocurrió antes de que te conociera.

—Es que no puedo olvidarlo.

Cenamos en silencio y en un momento noté que Andrew se ponía tenso y miraba hacia un lugar con insistencia.

—Vaya, al parecer no deja de mirarte tu amigo, se ve que te recuerda con cariño...

Sí, lo había notado. Luke no dejaba de mirarme a pesar de haberme visto acompañada.

—Hace años que no veo a Luke, Andrew—le respondí molesta.

—Sin embargo no le dijiste que vamos a casarnos—se quejó.

Era la segunda copa que se bebía, ¿acaso pensaba manejar?

—Es que todavía no sé qué pasará con la boda Andrew, no me siento segura de nada en estos momentos. Tal vez deberías pensarlo un poco ¿no crees?

—¿Y qué debo pensar?

—Que tal vez te guste regresar a la vida de soltería, chicas, fiestas privadas...

—No digas eso, no es verdad. Es mí pasado no mi presente, por favor entiende. Tú eres mi presente y no puedo creer que hables de que te sientes insegura por ese incidente, que olvides estos meses, casi un año juntos Sophie.

No, habían sido poco más de seis meses y su primo no sabía que tenía novia y que estaba a punto de casarse. ¿Sería que aún se iban juntos en busca de chicas a escondidas? ¿De qué fecha era ese video que quiso Evan mostrarle en su celular?

No podía sacarme esa noche de la cabeza ni tampoco a ese hombre, era como si me hubiera clavado una espina.

—Perdóname Sophie, no fue mi culpa pero quiero que sepas que lo lamento y que nada de lo que dijo Evan es verdad. Antes sí fui alocado, irresponsable pero todo eso quedó atrás.

Me pidió que confiara en él...

—Andrew escucha... tengo que decirte algo. Lo que pasó me afectó sí, me llevé un susto espantoso con tu amigo y también me sentí muy decepcionada y creo que no es buena idea seguir adelante con la boda. No sólo por eso, temo que nos precipitamos.

Tuve que decírselo, no fue sencillo.

—¿Estás diciéndome adiós, Sophie? No puedo creerlo. Es una excusa para dejarme. ¿Acaso hay alguien más? ¿Ese Luke con el que acabas de encontrarte?

Estaba furioso, lo vio transformarse en un instante.

—No... Luke es un viejo amigo. No digas eso.

—Pero apareció en un momento muy especial para ti cuando acabas de descubrir que ya no quieres casarte conmigo. Está bien, tú ganas. Tienes la libertad. Puedes ir a acostarte con quién se te antoje Sophie.

Al oír esas palabras me enfurecí y sentí deseos de arrojarle la cerveza en la cara pero me aguanté.

—¿Eso piensas de mí? Pues ten, te devuelvo tu anillo y la cadena que me regalaste. El reloj de oro...

—¿Qué haces? Sophie, cálmate.

—¿Que me calme? Me acabas de decir que vaya a dormir con mi amigo. Eres un imbécil, Andrew.

Le lancé la alianza y las joyas que me había regalado a la mesa y él se quedó mirándome atónito. Noté que a mí alrededor todos nos miraban pero no me importó, tenía la cartera colgada, el celular y mi determinación de irme. Había sido una tonta al darle una oportunidad, al pensar que algo de lo que dijera me haría cambiar de idea.

Tal vez tenía razón. Buscaba cualquier excusa para plantarlo porque no me sentía segura con respecto a la boda pero eso no le daba derecho a decir que lo hacía para poder acostarme con Luke. Esa idea jamás se me cruzó por la cabeza.

—¡Sophie, espera!

Oí su voz a la distancia pero corrí, corrí y lo dejé plantado pensando que no quería volver a verle nunca más que todo había sido un error, que él no sentía más que una atracción por mí. Tal vez sólo había sido sexo y sus palabras de amor, sus gestos tiernos no eran más que armas de un seductor nato.

No lo escuché, no me detuve y tomé el primer taxi que apareció y regresé al departamento.

La proposición

PENSÉ QUE ERA EL FIN. Estaba segura de que lo era, que debía dar vuelta la página y no pensar en nada.

Ahora sólo debía hacer unas llamadas y ... cancelar la boda.

No fue sencillo, hacerlo me deprimió bastante.

—Pero señorita Lavigne usted no puede cancelar la fiesta—dijo una voz masculina al teléfono.

—¿Dice que no puedo?

Creí que había oído mal.

—Me temo que no... Es su prometido el señor Kensington quién debe hacerlo él fue quién nos contrató y ya ha pagado una suma importante.

—Pero acabo de romper con él.

—Oh ¿de veras? Aguarde, haré unas llamadas.

Me tuvo en espera con una música insoportable.

—Sophia...

Lis me avisó que había llegado un paquete enorme para mí.

Olvidé la llamada y fui a ver de qué se trataba.

No podía creerlo.

—Rayos, qué vestido tan hermoso. ¿Es el traje de bodas?

Lis lo contemplaba embobada.

—Sí... no sé para qué lo quiero, deberé devolverlo.

Y era tan inmenso que no supo dónde ponerlo. ¿Hermoso? Rayos, ¿en qué estaba pensando? ¿Por qué eligió un modelo tan complicado?

Porque siempre soñó con el cuento de la Cenicienta casándose con el príncipe azul y en algún momento pensó que Andrew Kesington era ese príncipe.

Tonterías, los príncipes no existían. Los hombres perfectos tampoco y los hombres ricos eran unos pervertidos.

Miré el vestido y entonces sentí deseos de tirarlo por la ventana, no quería ni verlo pero no me atreví a hacerlo.

—Sophia, tu madre está aquí, quiere hablar contigo—la voz de Lis me despertó de mi sueño psicótico de querer apuñalar la tela de ese traje de novia.

Otra vez mamá.

La pobre estaba en shock pues acababa de decirle que no habría boda con el joven millonario por una pelea de la cual no podía hablar por teléfono. Y por supuesto no pudo aguantarse y dejó su tienda de ropa para ir a verla.

Tuve que hablar con ella y tranquilizarla. Rayos, estaba tan afectada, realmente la vi mal.

Se detuvieron en un restaurant para almorzar y hablar.

No fue sencillo decirle la verdad.

Fue bastante humillante hacerlo pero supe que no me dejaría tranquila si no largaba el rollo completo.

—No puedo creerlo... lo que dices.

—Es verdad mamá, ¿crees que mentiría con algo así?

—Pero ese hombre que entró en su departamento...

—Intentó abusar de mí y dijo que siempre compartían las chicas.

—Eso es horrible. Pensé que la pelea había sido por algo más tonto.

—Pues no lo fue mamá y ahora no sé ni cómo parar esto porque recién llamé y me dijeron que es él quién debe cancelar la boda. ¿Te das cuenta?

—Andrew está loco por ti Sophia, querrá convencerte y... ¿dices que te pidió perdón?

—Sí lo hizo pero es evidente que tiene una doble vida y que ha estado engañándome. ¿Cómo puede ser que su primo no se enterara que iba a casarse, que él no le dijera nada? Y en todo este año jamás me enteré que tenía un amigo llamado Evan Holmes.

—¿Evan Holmes? ¿El heredero de D&M la cadena de hoteles más importantes de Nueva York?

—Lo ignoro, no me interesa saber quién es, ya descubrí que es un cretino y para mí es suficiente.

—Ya veo... sí que es extraño todo esto. ¿Tú conociste a los amigos de Andrew? Pero él te llevó a conocer a su familia hace tiempo y también supongo que conoces a sus amistades.

—Es verdad... Y tiene muchos amigos, ignoro si uno es más amigo que el otro. Cada vez que salíamos a algún lado saludaba a amigos y también a viejas amigas. Mamá no intentes convencerme de que lo perdone.

—No he dicho eso pero... es hombre Sophia, los hombres y además cuando son ricos tienen muchas mujeres. Pero si te pidió matrimonio es porque le importas porque quiere dar un paso más en la relación. Nadie lo obliga a casarse lo hace porque está enamorado. Eso no puede fingirse y sé que tú... que tú lo quieres pero no de forma tan intensa.

Me sentí muy extraña al oír eso.

—Sí lo quiero mamá, estoy muy deprimida con todo esto y en el trabajo... cometí algunos errores ayer. No logro concentrarme.

—¿Y tu sortija de compromiso?

Típico de su madre hacer preguntas insólitas en momentos difíciles.

—¿Y qué importa mi sortija? Se la di a Andrew, no la quiero.

—Ay Sophia... no hagas eso. No te precipites. La culpa no fue de Andrew, él no sabía que ese amigo pervertido se metería en su apartamento esa noche. Creo que te has apresurado.

—No, no me apresuré. Sospecho que tiene otras mujeres pero las esconde, me parece demasiado el atrevimiento de su amigo Evan. No me creía, pensaba que yo era una conejita de playboy o una ramera con la que podía divertirse.

—Ay Sophia, tú no pareces eso por favor. Ese joven se pasó de listo, ¿no estaría drogado? Tengo la sensación de que las drogas y el alcohol son responsables de todo eso.

—No, no estaba drogado estaba más fresco que una lechuga. Llegó y lo primero que hizo fue meterse en el dormitorio de Andrew para saber si había algo para él. Una chica con la que divertirse. Y cuando le dije que no se puso muy pesado. No estoy dramatizando ni exagerando mamá deja de mirarme así.

—Perdona, ¿cómo te estoy mirando?

—Diablos, siempre dices lo mismo mamá.

—Lo que quise decir es que no de haber despertado a Andrew no sé qué habría pasado en ese cuarto porque ese tipo estaba alzado en serio.

—Oh... no hables de forma tan vulgar.

—¿Y cómo quieres que te lo diga, mamá? Fue muy desagradable y me asusté mucho. Ni te imaginas.

—Está bien... tienes razón Sophia, quiero decirte que no... no estoy intentado convencerte de que lo reconsideres pero temo que has sido injusta al culpar a Andrew de todo. Fue ese sujeto que se propasó, Andrew impidió que llegara más lejos. Olvídalo, no creo que vuelvas a verlo.

—Pero tenía llaves del apartamento mamá, entró con una copia de las llaves y se comportó como si fuera lo más normal del mundo.

—Sí, es muy extraño, todo lo es. Pero tal vez Andrew no te mintió y simplemente ese joven llegó en el momento menos oportuno.

—Ay mamá deja de defenderlo por favor.

Comencé a sentirme acalorada, sofocada a decir verdad. Estaba muy estresada por todo y no aguantaba más.

—No estoy defendiendo a nadie. Es que cuando me hablaste por teléfono pensé... te ves cansada Sophia y no has comido nada. ¿Te sientes bien?

—No... estoy mal, furiosa y creo que es cierta la frase de "disfruta el día antes de que un imbécil te lo arruine". Siempre es así.

—Tranquilízate, no lo tomes así. ¿Por qué no vas a casa unos días? En ese departamento te alimentas mal y no descansas lo suficiente.

—No mamá, no iré. Esto es... debo superarlo.

—Pero te hará bien descansar. ¿Puedes pedir unos días en el Banco?

—Sí puedo sólo que no quiero. Necesito trabajar, trabajar me mantendrá con la cabeza ocupada tú me conoces, si me quedo en casa estaré todo el día deprimida comiendo galletas pensando en Andrew. Sintiéndome mal, culpable de algo que no hice porque... creo que además de todo no fue buena idea casarnos. Fue precipitado.

—Sophia no puedo creerlo.

—¿Qué no puedes creer?

—Que dudes de algo tan importante como el matrimonio. Si no estabas preparada ¿por qué aceptaste casarte con él?

—Porque me convenció mamá y pensé que... me hizo sentir que me amaba y me gustaba estar con él. Tú siempre me inculcaste esas ideas tan anticuadas del matrimonio.

—Escucha Sophia... no mezcles las cosas. Estás molesta con Andrew y tienes mucha razón, su amigo fue un maldito pero... eso no significa que debas terminar todo. Devolverle el anillo, el vestido... los regalos. Eso fue algo dramático. Andrew Kensington te adora, está loco por ti y desea formar una familia, dudo que te pidiera matrimonio si no fuera así.

—No estoy segura de eso mamá. Pensé que era así pero ahora no lo sé...

Los teléfonos comenzaron a chillar a la vez en nuestras respectivas carteras y mi madre fue la primera en atender.

—Debo irme mi amor... luego te llamo ¿sí? Por favor, descansa, piensa en lo que te dije. Regresa a casa hasta que todo esto se calme.

No, no volvería a casa, no lo haría. Tenía un departamento, un trabajo, una nueva vida independiente y lo que estaba pasando con Andrew no debía afectarme.

Mientras buscaba mi auto miré el celular. Andrew de nuevo. El teléfono parecía gritar que lo atendiera pero yo no quise hacerlo, no estaba de humor.

Tenía que entrar al trabajo y concentrarme en hacerlo bien. No estaba pasando por un buen momento, me sentía abatida y mal. Necesitaba unas vacaciones sí, pero no podía tomarlas.

—¡Sophia!

Alguien me estaba llamando pero no podía saber quién era. Parada frente a mi auto temí que fuera Andrew pero me equivoqué, era Luke, mi viejo amigo.

—Hola Luke, ¿cómo estás? No te vi.

Él se acercó sonriente.

—Ya veo. ¿Estás bien, preciosa?

Demoré en responderle.

—En realidad no...

—¿Tienes un momento para tomar algo?

No lo tenía pero me lo inventé. Me di cuenta de que necesitaba a Luke, quería estar con él. Estaba tan guapo y me miraba con unos ojos... sabía que no me había olvidado y también que hacía años que le gustaba y ahora el destino había hecho que volviéramos a encontrarnos.

Y mientras comíamos pizzas y bebíamos cervezas en un bar cercano recordamos viejos tiempos.

—Así que trabajas en el Central Bank of London, y vas a casarte con un millonario muy pronto me han dicho—dijo de repente.

—No, eso último no es cierto—repliqué molesta.

—¿Ah no?—pareció sorprendido pero nada conmovido con la noticia.

—Pues acabo de pelear con Andrew. Estaba con él, ese día que nos vimos en tu restaurant. ¿Lo recuerdas?

—¿En serio? Oh, vaya… no lo sabía. Aunque sí noté que parecían discutir.

—Así que no habrá boda—dije evitando su mirada.

—Preciosa… si necesitas un amigo sabes que puedes contar conmigo ¿sí? Vamos, anota mi teléfono.

Lo hice sin demasiada prisa a pesar de que sí quería tener su número. Su mirada intensa me recordaba viejos tiempo. Él no me había olvidado, nuestra relación fue corta pero intensa y Luke fue un bálsamo para mi corazón roto, para el peor momento de mi vida cuando no sabía dónde estaba parada. Pero sabía que de los tres hombres de mi vida que habían compartido mi cama sólo él me había amado de verdad. Para Edward fui su capricho, su muñeca animadora que lo tentó, tal vez me quiso sí pero eso no le impidió traicionarme, y para Andrew fui una aventura pero Luke se emocionaba cuando hacíamos el amor, me adoraba y yo lloré cuando tuve que terminar nuestra relación porque no estaba preparada para seguir adelante. Estaba confundida.

El tiempo había pasado y me pregunté por qué nunca lo había llamado, tal vez porque pensé que él había encontrado otra chica.

—Te felicito por el restaurant, es un lugar magnífico, Luke.

Sonrió sin dejar de mirarla.

—Gracias… sabes creo que eres la única chica que conozco que no ha cambiado durante todos estos años, desde que te veía pasear con tu vestido blanco de verano… Pero ahora te has convertido en una hermosa mujer, Sophia.

—Gracias Luke, me sonrojas… Cuéntame de ti ¿todavía no te has casado?

De pronto quise saber qué había sido de su vida eso cinco años.

—No… ¿casarme? Sólo contigo muñeca. No me casaría si no estuviera realmente enamorado y eso me pasó una vez. ¿Y tú? ¿Realmente quieres casarte con ese niño rico?

—No lo sé… En realidad salíamos y todo ocurrió muy rápido. Me gustaba sí pero no estaba enamorada tal vez por eso…

Una llamada en mi teléfono desde el trabajo puso fin a nuestro encuentro. ¡Qué rabia! Debía regresar, no podía faltar porque había mucho público que atender y otra de mis compañeras de trabajo se había tomado el día.

Miré a Luke con pena.

—Debo irme al trabajo Luke, hoy no podré tomarme libre.

—¡Qué pena!

Me pidió que lo llamara, dijo que si necesitaba un amigo para conversar que no dudara en hacerlo.

Nos separamos y sonreí pensando que había sido una tonta al dejarlo ir sólo porque no estaba lista para una nueva relación. Me gustaba tanto estar con él era un hombre tan bueno, tan sano...

Corrí a mi apartamento para darme un baño rápido y ponerme el uniforme. Maquillarme un poco... no podía ir de cara lavada al Banco.

Llegué tarde por supuesto pero al menos pude ayudar a mis compañeros que tenían un montón de gente para atender.

Dos horas después de atender clientes y personas que sólo iban a conversar (ancianos en su mayoría) apareció alguien que me heló la sangre. Fue como ver al diablo.

Lo reconocí al instante y me pregunté cómo tenía el descaro de presentarse en mi trabajo. ¿Acaso había sido casualidad?

Allí estaba Evan Holmes mirándome con una sonrisa muy apoltronado en la silla como si él fuera mi jefe y yo su secretaria. Era tan soberbio en la manera de comportarse.

—Hola lindura, ¿cómo estás? Estoy aquí porque mi amigo me lo pidió y porque... creo que te debo una disculpa.

Qué bien. Ahora, al verme trabajar como esclava en un banco privado, pues al fin comprendía que no me dedicaba a vender mi cuerpo sino a trabajar por un salario como todo el mundo.

—¿Perdón?

Sí, fingí que no entendía nada.

—Disculpa, tengo mucha gente que atender Evan. Acepto tus disculpas pero no puedo hablar aquí de asuntos privados. Estoy trabajando.

Él no se esperaba una respuesta tan poco simpática, sospeché que se creía irresistible y que yo me sonrojaría como pacata con solo echarme una miradita.

—Perdona... pero lo que tengo que decirte es urgente. Temo que arruiné la boda de mi primo, su futura boda y necesito aclarar las cosas. Disculparme y decirte que todo fue una broma de mal gusto.

—¿Una broma?

—Sí, fue una broma. No sabía que pensaba casarse ni que tú fueras su novia. Te vi y creí que... me equivoqué y lo lamento. Pero te pido que seas sensata porque Andrew está sufriendo mucho por ti. Tú decidiste plantarlo y creo que no era para tanto.

—Bueno, sinceramente creo que eso es un tema nuestro y no es de tu incumbencia.

—Pues sí lo es ahora, porque por culpa de ese malentendido mi amigo de toda la vida no quiere volver a hablarme. Y estoy aquí para disculparme para decirte que me equivoqué pero Andrew no hizo nada, al contrario, casi me da una paliza para defenderte.

—Pues te la merecías lo que tú hiciste esa noche fue un intento de abuso.

—No exageres. No te toqué. Eres una pequeña engreída muñeca, pero al menos tienes razones para serlo. Y casi entiendo la desesperación de mi amigo, pero esto es mucho más serio de lo que crees. Acompáñame y te lo explicaré.

—¿Que te acompañe? Estoy trabajando.

—Conozco al socio principal de este banco preciosa, nadie dirá nada si te ve salir en mi compañía. Creo que debes saber algo que ignoras con respecto a Andrew.

—¿Así? Pues no me interesa. Creo que ya me he llevado demasiadas sorpresas con tu primo. No quiero enterarme.

Lo vi enfurecerse y resultó algo desconcertante pues a la luz del día su aspecto era distinto. No había ni rastro de ese cretino que se me había acercado con intenciones libidinosas, de camisa abierta y cabello revuelto y la barba incipiente... ahora se veía afeitado y llevaba el cabello peinado, pulcro y con un perfume que se sentía de kilómetros. Hasta su mirada parecía distinta.

—Escucha, no es lo que piensas. No estoy aquí para defender a mi primo sino a pedirte perdón. Pero hay algo más que creo que debes saber. Un secreto que lo cambiará todo.

Esas palabras enigmáticas me sorprendieron pues algo en su expresión me hizo comprender que no mentía. Estaba acostumbrada a detectar a los mentirosos, por mi trabajo o porque miraba ese programa televisivo tan interesante llamado lie to me.

—Por favor... ven conmigo. Hablemos en un lugar más privado.

A pesar de la incomodidad que me provocaba su presencia en mi trabajo había algo en él que envolvía, hábil manipulador, hombre de negocios o simplemente niño rico mimado y seguro de sí. Lo ignoraba.

No podía entenderlo. Debía correr, llamar a la seguridad no meterme en el auto de quién me había llamado conejita de playboy hacía ya una semana ofreciéndome dinero en efectivo por tener sexo con él.

—¿Tienes miedo?—dijo abriéndome la puerta de su auto deportivo negro.

Tal vez sí pero no quise demostrárselo.

—¿Miedo? ¿Y por qué habría de tenerlo?

Manejaba a mucha velocidad y lo vi sonreír y también sentí ese perfume fuerte llenar mis sentidos. Algún perfume caro importado.

Me sentí muy incómoda, todo el tiempo debí dominar la rabia y cierto temor que ese hombre me provocaba.

Además manejaba como un loco a una velocidad de vértigo y no se detuvo hasta llegar a la playa de Boston.

—¿Por qué me has traído aquí?—quise saber.

Detuvo el auto frente a la playa y abrió las ventanas para poder fumarse un cigarro. Parecía tenso, nervioso pero no podía ser yo la responsable de eso.

—Bueno, aquí podremos hablar tranquilos sin que me armes un escándalo. Lo que tengo que decirte es confidencial, Andrew no sabe que estoy aquí y no debe saberlo. ¿Me has entendido?

Ahora volvía a ser agresivo y arrogante mientras daba unas pitadas y luego tiraba el cigarro por la ventanilla.

Entonces lo vi abrir una caja del auto y tomar un sobre grande blanco que me entregó.

—Ten, lee esto y ahora entenderás todo. Estos exámenes pertenecen a mi primo.

Comprendí que era un informe médico de una clínica privada y en efecto, el nombre de Andrew Kesington estaba en la primera hoja.

Comencé a leer y sentí que el corazón me daba un vuelco. No podía ser, no Andrew... tan joven.

Evan me miraba con expresión torva.

—Bueno, ahora lo sabes. Andrew tiene un tumor cerebral y según este informe sólo le quedan seis meses de vida.

—Pero él... no me dijo nada de esto.

—No quiere que nadie lo sepa y yo también acabo de enterarme. Fue internado hace meses porque sufría mareos y un fuerte dolor de cabeza. Los exámenes de entonces no arrojaron algo como un tumor, al parecer no fue detectado porque era muy pequeño pero el sábado pasado comenzó a sentirse mal y aquí están los estudios. El tumor no es operable y no hay nada que pueda hacerse. Su familia decidió mantener este asunto en privado porque tal vez no viva ni siquiera ese tiempo.

La noticia me dejó mal, aturdida, todo el tiempo pasaba, en mi trabajo cinco compañeros de trabajo de poco más de treinta años habían muerto de cáncer el mes pasado. Era una realidad cruda de la cual nadie estaba libre y de la que muy pocos escapaban con vida...

—Es horrible... debe haber algo que pueda hacerse por Andrew.

Él me miró con fijeza.

—Solo hay una cosa que puede hacerse ahora preciosa, regresa con él y dile que vas a casarte, que estabas confundida. Inventa algo. Su familia está destrozada y sabe que en dos meses deberán internarlo y decidir qué hacer. Les espera un infierno. Pero si algo sientes por él... te ruego que lo ayudes. Y lo que pasó la otra noche no es nada comparado con esto. Él te ama y es su oportunidad de amar y ser feliz. Cásate con él aunque no estés preparada, aunque no lo ames, él está pasando un momento espantoso y la depresión que sufre ahora luego de la pelea está agravando sus síntomas. Ahora mismo está internado y le están pasando medicación para sedarlo porque los dolores en su cabeza son insoportables—hizo una pausa y miró hacia el mar—.La vida se le escurre entre las manos, no tendrá otra oportunidad tú has sido la única chica que ha amado, me lo ha dicho y le creo. Cuando supe todo esto hace tres días me sentí peor que un perro, puedes imaginártelo. Y te pido perdón ¿sí? Jamás habría querido provocar una ruptura en su relación, yo no sabía nada, hace meses que perdí contacto con Andrew, es decir, alguna vez hablamos pero ignoraba que iba a casarse, te lo juro. Ahora te pido, te suplico que lo pienses.

Estuvo un buen rato hablándome y me dejó la cabeza como un completo embrollo. Por fortuna tenía el mar para relajarme un poco, su sonido siempre me había trasmitido tanta paz.

Sin embargo estaba aturdida, deprimida y logró que me sintiera culpable porque quería a Andrew pero no lo amaba. Nunca había vuelto a enamorarme como de mi primer novio, esa era la verdad. Es decir, salía con Andrew y lo pasábamos muy bien, nos divertíamos pero siempre supe que no estaba enamorada y que si acepté su proposición, fue porque pensé que era un hombre tan bueno, como un príncipe azul y estaba tan enamorado de mí... Esperaba que con el tiempo nuestra pasión se convirtiera en algo más, deseaba poder corresponderle.

Me detuve y lo miré no muy segura de lo que iba a hacer.

—Escucha Holmes, todo lo que me dices es tan triste pero... la pelea que tuvimos no fue sólo por lo que tú hiciste esa noche, es que todo se dio muy rápido y no... Es muy pronto para casarnos y si regreso a hora con él sospechará...

—Cásate con él preciosa, aunque no lo ames. Él te necesita, él te adora, Sophia. Y se está muriendo, ahora mismo está en un hospital entubado. Pero si tú vas a verlo, si le hablas, si estás cerca él tendrá otras armas para pelear. Tal vez hasta ocurra un milagro y se salve. El amor mueve el mundo verdad, es lo que dicen. Si tú lo dejas ahora en ese estado...

—Está bien... ni lo digas. Iré a verlo. Yo no quería esto, no quise dejarlo sólo le pedí tiempo para estar segura y él pensó que lo dejaba porque quería dormir con mi ex. Fue cruel conmigo.

—Perdónalo ¿sí? Es porque te ama y está desesperado, perderte lo vuelve loco preciosa. Yo nunca le conocí una novia, tenía una distinta todas las semanas.

Acepté ir al hospital. Andrew me necesitaba. No importaba lo demás. Evan se había disculpado y lo único que debía hacer era regresar a su lado, hablarle. Estar presente. No podía ser tan perra de abandonarlo en una situación como esa.

Holmes manejó como un loco hasta el hospital pero poco antes de llegar su teléfono sonó.

—¡Demonios!

Algo no estaba bien.

—No permiten visitas, eso me dijo su hermano. Deberemos esperar el alta en unos días.

Fui a verlo a su apartamento el sábado y lo encontré en la cama pálido, y rodeado de sus familiares. Se alegó al verme y yo no pude contener mis lágrimas al ver las marcas en su cabeza y saber que sólo le quedaban seis meses. Un hombre tan lleno de vida como Andrew que practicaba deportes y no tenía vicios... qué injusto era.

—Sophie... viniste.

En el departamento estaban sus padres: John y Alice Kensington y sus hermanos tres varones robustos y tan distintos entre sí que no parecían de la familia.

Nos dejaron a solas y él me pidió que me acercara un poco más. Sentí que sus manos levantaban mi falda y temblé. No pensé que enfermo como estará pensara en tener sexo pero me equivoqué.

—Te echaba de menos, preciosa—dijo mientras sus dedos acariciaban mi pubis despacio apartando la ropa interior.

Atrapó mis labios con desesperación y rodamos por la cama.

—Andrew aguarda tú... debes descansar—le dije.

Él cayó sobre mí y sentí pena al verlo tan pálido y demacrado y lo abracé y lloré. No debía hacerlo, Andrew necesitaba que le diera fuerza y no...

—No llores preciosa, no me dejes mi amor, nunca me dejes... Estás aquí y eso es lo que importa. Yo estoy bien... ahora estoy bien...

Entonces lo vi liberar ese miembro inmenso listo para el combate y asir mis caderas para hundirlo hasta el fondo en mi vagina. Sabía cuánto le gustaba hacerlo así y sentirse cautivo y apretado aunque eso me provocara cierto dolor dejé que siguiera adelante, que me llenara con su cosa y me rozara sin piedad.

Lo abracé para darle mi amor y mi calor y estuvimos horas haciendo el amor hasta que estuvo satisfecho y listo para dormirse en mis brazos. Había echado de menos hacer el amor, mi cuerpo también clamaba por sentirse colmado y saciado.

—Te amo Sophie, mi francesita, nunca me dejes, por favor...—me susurró.

Estaba desnuda entre sus brazos, en su cama y él me miraba con tanto amor. Qué tonta había sido al abandonarle sólo porque no estaba preparada para la boda pero enmendaría eso, Andrew me necesitaba y tenía la certeza de que sólo estaba conmigo pues me había mojado como si no hubiera estado con nadie en un mes. Y mientras acariciaba mi vientre y sonreía me susurró al oído cuánto me había extrañado al tiempo que sentía su erección rozar mi pubis. Sí, estaba listo para el combate y anhelante de caricias húmedas...

Me excité mientras besaba mis pechos y los atrapaba en su boca, estaba lista para darle el placer que quería, sabía cuánto le gustaban mis besos y engullí gran parte de su miembro relajando mi garganta para llegar más allá y lograra entrar. Cuando lo hacía me dejaba llevar y no pensaba en nada más y disfrutaba esa otra forma de hacer el amor porque cuando arrancaba era imparable. Y mi placer era sentirlo allí, el roce suave y duro...

Lo oí gemir mientras la hundía un poco más y yo succionaba con fuerza, roce, succión para hacerle estallar. No podía resistirlo, estaba arrodillada y era su esclava sexual, húmeda y ansiosa de dar placer. Y sentí que sujetaba mi cabeza con firmeza y rozaba mi boca en un movimiento rítmico hasta que no pudo más y estalló. Devoré todo aquello que mis besos habían provocado, era mi recompensa y sentía cómo mi vagina convulsionaba de placer casi al mismo tiempo. Seguí succionando, lamiendo sin parar sabiendo que lo haría de nuevo porque no había perdido la erección. Vaya, nunca había conocido un hombre como él, cada hombre era distinto en la cama y sin embargo, de todos, el más dulce había sido Luke, el más tierno... Pero con Andrew había disfrutado mucho más, era extraño, él me había enseñado a relajarme y engullir su miembro y darle un placer que él decía era sublime y sabía que podía hacerlo dos o tres veces hasta quedarse satisfecho como ese día. Quedé tan exhausta con el sexo de ese día, cuando por segunda vez me llenó la garganta con su simiente que caí rendida sin moverme.

—Preciosa, lo hiciste muy bien, eres maravillosa, eres única tesoro... ¿cómo pensaste que podía dejarte ir?—dijo él—Eres mía Sophie, preciosa...

Caí rendida sumida en un sueño tan profundo que al despertar era de noche.

Él me observaba con un vaso de refresco en la mano y un paño en la cabeza.

—Andrew, ¿te sientes bien?

Él sonrió.

—Me duele la cabeza pero debe ser por el cansancio preciosa, estoy bien... acabo de volar al cielo ¿qué importa lo demás?

—¿Tienes algún analgésico?

Él asintió.

—El doctor me recetó un remedio fuerte pero no me hace nada.

—Regresa a la cama, descansa Andrew.

—¿Y crees que podría descansar contigo allí desnuda? Me duele la cabeza pero al verte así mira cómo está mi socio...

Seguí la dirección de su mirada y noté que sí que estaba listo para el combate, lo vi asomar la cabeza a través de la toalla.

—Aguarda, tengo que ir al baño —le dije.

Miré el reloj de la cocina y suspiré. Se me hacía tarde para la clase de gimnasia pero ¿qué importaba? Me quedaría con Andrew.

Sólo que antes de salir me daría un baño para estar fresca y perfumada.

—Ya estoy mejor preciosa, ven aquí... pediré la cena al restaurant pero antes quiero devorar el postre.

Su postre era ese rincón femenino que tanto lo deleitaba y se abalanzó sobre mí, rodeando mi cintura mientras me despojaba de la toalla y su lengua de fuego abría los pliegues de mi sexo para succionar con desesperación la entrada de mi sexo. Sabía cómo hacerlo y prepararme para una nueva cópula apretada y feroz.

Y mientras hundía su pene hasta el fondo y me enloquecía de placer me rogó que nunca lo abandonara. Dijo que me amaba y que no podía vivir sin mí. Le prometí entre gemidos que nunca lo dejaría...

DÍAS DESPUÉS LOS DOLORES de cabeza desaparecieron y Andrew pudo regresar al trabajo y hacer vida normal como le dijo su médico.

Todavía ignoraba su enfermedad y me pregunté si eso era justo para él. ¿No querría hacer un viaje por el mundo y suspender la boda si se enteraba? En su situación me habría gustado viajar, hacer cosas distintas. Vivir intensamente el poco tiempo que quedaba.

Evan Holmes dijo que todo debía seguir como antes.

Me buscó mientras salía del Banco, diciéndome que necesitaba hablar conmigo.

No me agradaba salir con él de esa forma como si fuéramos algo más que conocidos, pero pensé que querría decirme algo importante. Había algo que me intimidaba en ese hombre, que me mantenía alerta pero no sabía qué era y lo atribuí a la forma en que nos habíamos conocido.

Subí a su auto y acepté que me llevara a la playa pues hacía calor y necesitaba despejarme. Comprendí que había regresado con Andrew por su enfermedad y mi intención era ayudarlo, hacerle feliz el tiempo que le quedara pero no estaba fuerte para resistir lo que me esperaba.

—Gracias preciosa—dijo él entonces—gracias por volver con Andrew. Eres una buena chica y tienes un gran corazón.

—Bueno, hice lo que debía. Pero todo esto es tan difícil... Sus parientes dirán que me caso porque está enfermo.

—No... te equivocas. Su familia quiere que cumpla su sueño de casarse con la chica que ama, porque él te adora, Sophia. No puede estar sin ti.

Me sonrojé al escuchar esas palabras. ¿Cómo rayos lo sabía? ¿Andrew le había hablado de mí?

—Pero quería advertirte de algo—continuó Evan—el médico dijo a su familia que podía sufrir cambios bruscos de humor. Cierta agresividad porque el tumor altera por completo su forma de ser. Debes cuidar de que tome la medicación, cuando estén casados y vivan juntos... día tras día recuérdale tomar sus píldoras y todo irá bien.

—¿Y no le harán algún tratamiento para prolongar su vida?

—No se puede preciosa, está muy avanzado. Le quedan tres meses tal vez cuatro de vida y debes estar preparada. Tal vez necesitarás hacer terapia. ¿Conoces un buen terapeuta?

Sí, lo tenía desde que había roto con Edward.

—Pero no digas nada, Andrew no debe enterarse que tú lo sabes. No quiere que sepas y deberás mantener el secreto. Notarás el cambio en unas semanas. Sólo te pido que sigas adelante con la boda y que por nada del mundo lo abandones. Y su padre me ha pedido que... Bueno es algo incómodo lo que tengo que decirte.

—¿Incómodo?

—Sí, lo es pero hay un nuevo acuerdo nupcial. Es para que estés a su lado a pesar de su enfermedad. Cuando esta se vuelva crítica. El padre de Andrew me entregó esto para ti y quiere que lo firmes ahora.

¿Otro acuerdo prenupcial?

Y al parecer mi futuro suegro quería compensarme por los cuidados que debía tener su hijo muy pronto aumentando mi mensualidad y designando un dinero importante en una cuenta a mí nombre. Todo estaba muy detallado. Pero pensé que era excesivo.

—Sophia, escucha... estar con un enfermo terminal va a afectarte mucho, no será algo que puedas manejar sola y si en algún momento necesitas ayuda búscame.

Lo miré sin verle porque no quería que la familia Kensington me pagara por esa boda ni por ser la enfermera de mí marido.

—No quiero este dinero, es demasiado y además... Andrew dijo que recibiría una mensualidad para mis gastos y esto...

—Acéptalo, Sophia. Será todo cuanto recibas pues luego de que quedes viuda... La familia de Andrew ha dejado todo dispuesto para que la herencia se quede en familia a menos que tengas un hijo. Pero Andrew está enfermo y no creo que tú quieras quedarte embarazada.

—Esto es lo que me molesta de gente como tú—dije entonces.

—¿Qué? ¿A qué te refieres?—parecía sorprendido.

—Dinero... piensan que lo hago por dinero, y como Andrew morirá, quieren asegurarse de que luego no reciba ni un céntimo. Este documento es casi un contrato de trabajo.

—Bueno es que para ti lo será, preciosa. Tendrás que renunciar al Banco donde trabajas ahora para dedicarte a cuidar a tu esposo enfermo. Tal vez ahora lo veas bien, alegre pero cuando la enfermedad llegue a la etapa final... no podrás moverte de su lado. Dejarás de cobrar el sueldo de tu trabajo y deberás tener algo para recomenzar cuando todo esto termine. Es un trato justo para todos. Yo no creo que sea un monto exagerado.

No quería firmar eso, era como condenarme a ser la enfermera, la esclava de Andrew de por vida. Tal vez fueran meses y...

Mientras lo firmaba me sentí mal, como si estuviera haciendo algo muy malo para mi futuro. Era una tontería por supuesto, los ricos siempre redactaban esos contratos nupciales.

—¿Y si Andrew se cura? ¿Es que nadie considera esa posibilidad?

—Bueno, si se cura ya no deberás ser su enferma, serás sólo su esposa y podrán viajar por el mundo y... Él te adora, vivirán juntos para siempre.

Tuve mis dudas. Él me quería sí pero yo había descubierto que no estaba enamorada. Lo quería sí, nos habíamos acostado un montón de veces y lo pasábamos bien juntos pero el amor era otra cosa.

Me quedé pensativa y mientras miraba ese paisaje de mar tan bonito dije: —Deberían pedir otras opiniones, hay curas naturales del cáncer...

—¿Y crees que sus padres no han consultado con otros especialistas? ¿Que no lo han intentado? Tal vez el cáncer se vaya solo pero las posibilidades son una en un millón, preciosa. Lo más seguro es que tenga dos o tres meses de vida, nada más. Y en ese tiempo se irá deteriorando lentamente. No puede ser operado y la quimioterapia sólo lo hará sufrir y no cambiaría mucho el diagnóstico. Además él no podrá lidiar con eso, es muy débil no tiene la fortaleza para resistir algo como un cáncer. Sus padres lo saben por eso no quieren que lo sepa y le han conseguido medicación para suplantar esa quimioterapia y paliar los dolores.

Lo vi guardar la carpeta con el contrato firmado de forma meticulosa y luego me llevó a tomar un helado.

Sus ojos azules me miraban con intensidad y se detenían en mi escote y seguían por mis piernas sin demasiado disimulo. Hasta que yo lo miré con fijeza y sonrió.

No era tan tonta de no darme cuenta que yo le gustaba pero eso en vez de provocarme indiferencia o risa me irritaba. Porque toda esa situación me tenía muy nerviosa.

—Te gusta mirarme ¿no es así?—estallé— Y sin embargo quieres que me case con tu primo. No deberías mirar a la chica de tu primo.

Él sostuvo mi mirada sin pestañear.

—Es que tú tientas al diablo, preciosa. Pero jamás me acercaría a menos que tú quisieras que me acercara. No soy tan perverso.

—Pero si fuera una ramera paga no serías tan paciente ni galante.

—¿Es que vas a condenarme toda la vida por ese error? —parecía ofendido pero no le creí ni un segundo pues tenía la sensación de que esperaba la primera oportunidad para llevarme a la cama.

—No mientas, Evan. Si esa noche pensaste que era una conejita de playboy era porque Andrew solía salir con conejitas. Y lo hizo estando conmigo, ¿verdad?

—Escucha, no pienses esas cosas, fue hace tiempo, hace meses no ahora. Él te quiere y cuando lo dejaste... estaba desesperado y fue entonces que se descompensó. Ahora no puedes separarte, sólo unos meses de tu vida, eres tan joven lindura. Y estás sana, tienes toda la vida por delante.

—¿Entonces era verdad?—empezaba a enojarme en serio— Eso de que compartían chicas. No fue una mentira como aseguró Andrew.

Dijiste que él las conseguía tiernas, que las seducía y luego las convencía de que lo hicieran contigo.

—No, no fue así, deja de pensar eso. Y por favor no le digas nada a Andrew ahora. Las chicas que compartimos sabían bien lo que hacían y eran pagas. Pagábamos para que aceptaran eso. No eran ni novias ni ninguno terminó enamorado como ahora. Él te ama. Si antes fue un pícaro; perdónalo, olvídalo, se está muriendo y te necesita, te necesita más que a nadie. Intenta hacerle feliz estos meses y luego... serás libre de nuevo. Tú lo quieres ¿no es así? Sientes algo por él.

Evan tenía razón, ¿qué sentido tenía ahora preguntarme si me había sido fiel? Si fui quien se había echado la soga al cuello.

—Lo quiero sí, pero el matrimonio es algo muy serio y no estoy preparada por eso le pedí tiempo... Una cosa es verse un rato y otra muy distinta es la convivencia, verse todos los días. Y no sé si podré seguir adelante con esto.

—Escucha, si algo no sale bien, si te sientes desbordada con algo quiero que sepas que él es mi mejor amigo y ayudaré en todo lo que pueda. Llámame ¿sí? Hazlo sin dudar. Olvida lo que pasó la noche que nos conocimos. Cometí un error y ahora quiero arreglarlo. Mi primo se está muriendo y de ti depende que pase lo mejor posible los últimos meses. Pero si algo sale mal, si llega a enterarse... anota mi número. Llámame. Sé cómo manejarlo.

Anoté su número pensando que no lo llamaría. Sentí que me miraba con fijeza y apuré el helado. Quería volver a casa y alejarme de ese hombre. No confiaba en él. ¿Y si todo era mentira? ¿Si lo había inventado todo para que volviera con Andrew? Compartían mujeres, compartían una vida de excesos y lujuria, compartían secretos...

—¿Y tú tienes mi número, verdad?—le pregunté entonces.

Él sostuvo mi mirada y sonrió.

—Sí, Andrew me lo dio para que hablara contigo y me disculpara. Pero sólo te llamaré si hay una razón de peso para hacerlo, preciosa. Te convertirás en la esposa de Andrew y serás parte de la familia.

—¿Así? ¿Eres su primo y nunca supiste que iba a casarse? Es muy extraño.

—Sí, lo sabía preciosa, pero no imaginaba que su novia sería una bomba.

—¿Una bomba?

—Sí, una chica bomba. Pensé que sería una de esas chicas algo tontas del trabajo. No había visto tu foto y...

—¿Entonces crees que tu primo es un libertino insaciable que tiene novia y también amantes para compartir?

—Es que Andrew siempre fue muy solicitado, no sé qué le ven pero siempre se enamoran de él y lo persiguen. Yo nunca he tenido tanta suerte.

—Así que me viste cara de ramera.

—Yo no dije eso.

—Y al final tuviste que buscar a la conejita de playboy para que te ayudara y lo haces porque es tu primo. Bueno ahora lo entiendo un poco mejor.

—Lo lamento, no quise ofenderte. Respeto los compromisos y nunca me metería con la chica de un amigo. Una cosa es una aventura y otra muy distinta cuando hay sentimientos de por medio.

—Por supuesto. Ahora imagino que el secreto será bien guardado en la familia.

Mis palabras lo desconcertaron.

—¿Cuál secreto?

—Que me caso con tu primo porque él está enfermo porque en realidad sabiendo que me engañó y que enamoraba a todas las chicas de su trabajo no lo habría hecho, te lo aseguro... No me agradan los hombres así, ¿sabes? Si no puedo ser la prioridad de un hombre prefiero estar sola hasta que aparezca uno que valga la pena. Pero no puedo enojarme, está muy enfermo y me necesita. Sólo espero que me sea fiel. Habla con él porque no soportaré que salga con otras que...

—No lo hará, te tiene a ti en su cama y sé que eres una chica ardiente y apasionada Sophia.

Esas palabras me crisparon aún más, ¿cómo rayos lo sabía?

—Él me lo dijo y me confesó que hace mucho tiempo que no sale con otras chicas y que contigo la satisfacción es completa. Te ama preciosa, sé que te ama—respondió Evan como si leyera mis pensamientos.

Parecía nuestro Celestino, lo raro que por su culpa tuvimos nuestra gran pelea y ahora por su intervención volvíamos a unirnos y hasta nos casaríamos. Resultaba bastante extraño y desconcertante.

—Todo saldrá bien, ya verás... pero que no sepa nunca que conversamos ni que fui yo quien los acercó.

Eso no podía entenderlo. ¿Por qué el misterio?

—Pero Andrew merece saber la verdad, es su vida, su cuerpo... Si tuvieras un cáncer incurable Evan, ¿no querrías que te lo dijeran?

—Sí, por supuesto. Sin embargo sé que Andrew no lo resistirá. Es débil preciosa. No está preparado. Te ruego que no se lo digas, que no lo sepa nadie de tu familia. Será un secreto. Nuestro secreto. La vida es efímera, es un soplo. Perdemos tanto tiempo en cosas tediosas como aprender, estudiar, trabajar y cuando un día nefasto alguien nos dice que tenemos una enfermedad avanzada en su etapa terminal... No todas las personas sabrían lidiar con eso. Y su padre fue quién prohibió que se lo dijéramos.

—Pero en algún momento tendrá sospechas, sus dolores de cabeza son frecuentes, él me lo dijo.

—Sí pero hace tiempo que los tiene y nunca fue al médico por eso. Se dormía con frecuencia en el trabajo y sufría mareos. Hace más de un año que le pasa esto. Pero como estaba sano y los exámenes de rutina daban bien... Al parecer no se lo encontraron, no vieron ese tumor porque era muy pequeño y ... fue un error. Hace seis meses estaba allí, tal vez mucho antes pero no lo vieron y ahora... El diagnóstico es terrible. Tal vez no llegue a saberlo pero creo que luego de la boda...

su padre quiere hacer que deje el trabajo, que se vaya a vivir un tiempo al extranjero. Luego su padre hablará contigo ahora no pienses en eso. Vive el presente, disfruta, hazle feliz. Olvida el incidente de las chicas, no volverá a pasar.

DOS SEMANAS DESPUÉS me casé con Andrew en una iglesia evangelista porque su familia era de esa religión y fueron ellos quienes organizaron todo.

Era el día más importante de mi vida, o debía serlo, toda mi familia, mis amigos estaban en la iglesia esperando verme entrar del brazo de mi novio millonario y allí estaba, sonreía y lloraba a la vez sintiéndome muy rara. Acababa de cumplir mi sueño de niña: casarme de blanco con un gran vestido y un novio guapo y millonario, un príncipe azul de los tiempos modernos y sin embargo no era feliz. Estaba asustada porque el pobre Andrew estaba pálido y durante la ceremonia no lo vi bien. No sabía qué iba a pasar y sabía que me casaba para cuidarlo y ese nunca había sido mi sueño en realidad.

El bullicio, la música a todo volumen le provocó migrañas y nada más salir de la iglesia tuvo que tomar sus pastillas y respirar hondo.

—¿Te sientes bien, Andrew?—le pregunté.

Andrew no se sentía nada bien y pensé que no sería buena idea ir a la fiesta y se lo dije a su padre.

—Tonterías. Es nuestra fiesta de bodas. Es esa música religiosa que me rompió los oídos—se quejó él y quiso ir a la celebración colosal que había preparado su familia.

No dije nada, debía fingir que todo era normal y que Andrew no tenía ninguna enfermedad. El día anterior había hablado con sus padres y comprendí sus razones. No había tiempo para procesar una noticia tan devastadora, no había capacidad para enfrentar eso. Podían ser días, semanas, meses... a lo sumo cuatro meses. Pero ante cualquier recaída, o síntoma extraño, debía llamar a su médico primero y luego avisar a sus padres.

Andrew tomó mi mano y me llevó hasta el salón presentándome a sus amigos y parientes más cercanos con cierto orgullo.

No muy lejos de allí estaba Evan mirándome con fijeza. No me perdía de vista, sus ojos miraban mi vestido y más tarde me dijo que era la novia más hermosa que había conocido en su vida. Esos días habíamos estado cerca por los preparativos de la boda y noté que a pesar de ser nuestro Celestino sus ojos me seguían a todas partes.

Y las palabras que me susurró mientras bailábamos me erizaron la piel.

Entonces Andrew, que había bebido más de la cuenta me apartó de un tirón de su primo.

—Ey tú, ten cuidado sinvergüenza. Te dije que a Sophie no la compartiría. Es sólo mía, ¿entendiste? —le advirtió.

—Andrew, por favor, no digas esas cosas—protesté acalorada.

—Él sabe de lo que hablo. No dejaba de comerte con los ojos. Sueña con hacer realidad sus fantasías... ¿sabes? Él nos vio esa noche haciendo el amor y eso lo volvió loco. Cree que tú eres muy dulce y ardiente además de guapa.

—Andrew, por favor, cállate—dije histérica temiendo que alguien escuchara.

—Tiene razón tu esposa, deja de decir tonterías y también deja de beber. No querrás perderte tu noche de bodas.

—Oh el alcohol no me hace nada, nada más tenerla cerca y se me pone dura como roca. ¿Verdad preciosa? Ven aquí, vamos a festejar tú y yo...

Andrew me llevó a una de las habitaciones del hotel dónde era la fiesta, pensé que iríamos a otro lugar más privado pero él tenía prisa y me llevó a la cama para besarme y tocarme.

Estaba nerviosa, temía que alguien entrara de un momento a otro y no lograba excitarme. Andrew en cambio estaba más que listo y lo vi raro, furioso con Evan.

—Maldito loco, quiere cogerse a mi mujer. Pues te aseguro que será la última vez que la meta en su vida—dijo y atrapó mis labios y comenzó a llenarme de caricias empujándome a la cama.

—No tenemos mucho tiempo preciosa pero creo que alcanzará—dijo y con un movimiento rápido se abrió el pantalón y me acercó a su entrepierna para que le diera placer.

Lo engullí y lamí muy despacio y escuché que gemía.

—Así preciosa, eres una experta, atrápame con tus labios...—dijo.

Con movimientos suaves lo acaricié sabiendo cuánto le gustaban esos juegos, era un preámbulo y comencé a excitarme lentamente cuando sentí que sujetaba mi cabeza con ambas manos y hundía su miembro casi por completo en mi boca hasta acomodarse cerca de mi garganta. Ese gesto de posesión hizo que me humedeciera.

—Preciosa, tan dulce... te daré lo que me pides...

Abrí mis ojos y lo miré y él acarició mis labios y mis mejillas mientras yo succionaba con más fuerza y él se movía despacio de forma rítmica. Gemía y me sujetaba con más fuerzas en un acto de feroz posesión mientras yo jugaba con mi lengua y presionaba con mi boca todo lo que podía.

—Así preciosa, todo mi placer para ti. Tómalo todo ahora...

Saboree las primeras gotas y luego me concentré en recibir su simiente tibio que llenó mi boca y se deslizó por mi garganta mientras gemía y se movía desesperado. Permanecí quieta esperando ser liberada cuando la descarga de placer terminara. Él me había enseñado a hacerlo, al comienzo me negaba pero luego comenzó a gustarme.

—Preciosa, eres maravillosa, ninguna lo hace tan bien como tú...

Caí rendida en la cama y él se abalanzó sobre mí con su miembro aún estaba erguido y rojo por la excitación y me liberó del corsé para apretar y besar mis pechos.

—No rompas mi vestido, por favor—le pedí.

—Tengo que llegar al tesoro, malditas bragas... cuando estemos de luna de miel no llevarás ropa interior preciosa. No lo harás.

Subió mis faldas y se perdió entre mis piernas para deleitarse con la humedad de la excitación que emergían de los pliegues de mi sexo.

—Eres deliciosa, tan dulce... nunca había bebido tanta dulzura...—dijo y su boca succionó como un demonio, con la desesperación de un loco y sólo se detuvo cuando grité de placer rodeando su cabeza con mis manos.

Ahora sólo le faltaba algo y era continuar con lo que había empezado: mi boca, mi vagina, mis nalgas, todo le pertenecería por completo. Las furiosas embestidas abrieron mi monte estrecho hasta que logré acoplarme a su pene ancho e inmenso y él se mordió el labio y besó mis labios con desesperación. Sabía cuánto le gustaba entrar en mi cuerpo y sentirse cautivo. Pero no quería acabar allí y me tendió de espalda entrar en ese orificio mucho más estrecho... "Eres perfecta Sophie, mi francesita, eres tan deliciosa que te devoraría toda por días sin hartarme jamás... te amo, te amo cielo" me susurró antes de que sus embestidas le arrancaran gemidos de placer intenso.

Ahora sí estaba saciado. Por el momento lo estaba y ese te amo fue lo más bello que escuché ese día.

Cuando salimos de la habitación de la mano recé para que no se notara que mi vestido estaba ajado y no llevaba bragas pues Andrew las había arrancado al comienzo y no tenían remedio.

—Creo que es hora de irnos al hotel, preciosa—dijo él haciéndome un guiño.

Entonces tropecé con Evan y enrojecí como un tomate al recordar lo que había dicho Andrew momentos antes. Él nos vio esa noche tener sexo y por eso pensó que era una ramera. ¡Qué vergüenza sentí entonces! Y pensar que había estado hablando con ese hombre en varias oportunidades y él me miraba con tanto deseo...

"No pienso compartirla, ya te lo dije Evan" le había advertido Andrew a su primo. ¿Y por qué le habría dicho eso? No quise ni pensarlo.

LA LUNA DE MIEL DURÓ tres semanas y pudimos viajar por Italia, por los lugares más románticos del norte: Verona, Venecia para terminar en la mística Toscana.

Dábamos paseos en la mañana pero a media tarde nos encerraban en el cuarto para hacer el amor.

Una tarde, Andrew me llevó a la cama, levantó mi vestido y comenzó a besar mis piernas hasta llegar a mi rincón más íntimo y estuvo horas haciéndolo. Horas devorándome haciendo que casi me desmayara de placer, que suplicara, que gritara que no podía más.

Le gustaba experimentar cosas nuevas, nuevas posiciones y yo lo complacía porque sabía cuán importante era el sexo para él.

Nuestra luna de miel fue romántica, casi un sueño. Sus migrañas habían desaparecido y siempre estaba alegre y de buen ánimo. Y además de hacer el amor sin parar también conversábamos y dábamos paseos...

Llamé a mi madre para avisarle y sus padres llamaron a Andrew en mitad de la luna de miel para saber cómo estaba. Inventaron la excusa de un alerta terrorista para persuadirle de que regresáramos antes pero mi esposo desechó esa amenaza.

—Papá, ¿estás loco? ¿Un atentado en Venecia? ¿Es broma verdad?

Él no sospechó nada, no entendió que lo llamaban porque temían una recaída. ¿Y si todo era una falsa alarma? ¿Si el tumor desaparecía?

Era tan joven, tan vital, no merecía morir así sin haber podido cumplir sus sueños. Porque sabía que tenía proyectos, nuevas inversiones y en un futuro no muy lejano dijo que quería tener un hijo. O tal vez dos.

De eso hablábamos esa noche luego de hacer el amor.

—Me encantaría ver un día crecer ese vientre con un bebé preciosa...—dijo de repente besando mi pubis, acariciándolo con suavidad.

—Pero tú no querías hijos—le recordé.

—Tú me haces desear tener una familia Sophie, eres tan dulce... creo que serías una madre tierna. Y que me darás niños traviesos... ¿Recuerdas ese atraso que estuviste cuando comenzamos a salir?

Sí que me acordaba, qué susto me llevé.

—Estuvimos haciéndolo una semana entera sin cuidarnos porque quería enseñarte a ser mi mujer—le recordó él besando su cuello con deseo.

—Y te dije que lo tendría, a pesar de que era muy pronto porque empezábamos a salir. Yo lo habría tenido... tú te asustaste mucho Andrew.

—Sí, pero no iba a dejarte como me acusaste luego. Me encantaría tirar esos preservativos y hacerlo sin nada, acabar en tu vientre como lo hago a veces.

Temblé al oír eso.

Andrew iba a morir y me pedía un bebé. ¿Acaso lo intuía en lo más hondo de su ser? Había escuchado que en ocasiones las personas sabían que su fin estaba próximo, que los enfermos terminales veían los fantasmas de sus seres queridos muertos hacía tiempo que regresaban para ayudarlos en ese trance difícil brindándole la tan ansiada paz y tranquilidad. Recordándoles que la muerte no era el fin sino el comienzo a un nuevo estado.

¡Diablos! Yo no creía que hubiera vida luego de la muerte, ni tampoco una existencia etérea, espiritual. A pesar de haber sido criada en la fe católica o tal vez por ello, me había vuelto incrédula, casi atea. No creía en nada que no pudiera ver, tocar.

Entonces Andrew se dio cuenta de que estaba llorando y se preocupó.

—Sophie, ¿por qué lloras? ¿Tienes miedo de que te haga un bebé?

—No... no es eso. Es que me emociona oírte hablar de formar una familia porque pensé que eso te asustaba.

—Ya no... La vida es tan corta, preciosa. El tiempo vuela y voy a cumplir treinta años. Mi padre siempre dijo que tuviera a mis hijos a una edad razonable porque cuando uno se pone viejo se le agota la paciencia.

Yo solía evitar los embarazos usando el termómetro o el preservativo. El termómetro me avisaba de la temperatura durante la ovulación, pero lo más seguro seguía siendo el condón y Andrew lo usaba excepto cuando mi temperatura era de treinta y seis grados.

Y ahora, enfrentada a la posibilidad de quedarme embarazada no supe qué decir porque no quería tener un bebé ahora, no sería buena idea. Sabía que en los próximos meses debía estar en un hospital con Andrew cuidándole y embarazada sufriría malestares además sería triste que naciera el bebé sin su padre.

—Sophie... ven. ¿Te gustaría que te hiciera un bebé esta noche? —me preguntó al oído.

Lo miré espantada porque antes de que pudiera decirle que no su miembro erecto y duro como roca había entrado en mi vagina llenándola hasta el fondo.

—No, espera por favor... es muy pronto... no podemos.

—¿No? Entonces juguemos un rato a la ruleta rusa. Si pasa o no pasa... será cuestión de suerte—dijo y se afirmó para que la penetración fuera profunda y ruda.

Sabía cuánto me gustaba que hiciera eso y no pude resistirlo, comencé a moverme a su ritmo desenfrenado sabiendo que el placer estaba próximo y que mi placer sería sentirlo así, inmenso y húmedo...

Gemí y sentí cómo mi cuerpo se llenaba de placer al tiempo que él expulsaba su simiente aprisionándolo en mi interior. Una y otra vez me llenó con su semen porque todavía estaba firme, dura y no quería rendirse tan pronto.

—Preciosa... no puedes decir que no, eres tan ardiente, tan mujer... y lo haces porque lo sientes, porque te gusta por nada más que eso...—dijo sonriente.

No me hizo nada de gracia que no se cuidara.

—Eres un demonio Andrew y no... es muy pronto, no quiero tener un bebé ahora. En un tiempo tal vez...

Fui a darme un baño, necesitaba quitarme su semen como fuera.

Él sonrió al conocer mis planes.

—¿Y no sabes que una gota alcanza para atrapar al óvulo preciosa? Si hay un óvulo fértil uno solo de mis amigos puede entrar y transformarse en bebé. Y tienes algo más que una gota en tu útero preciosa y ahora están nadando rumbo a destino y no podrás detenerlo.

—¡Cállate, me asustas!

—Es verdad... lo aprendí en la escuela y no sé por qué me quedó grabado. Una gota alcanza para hacer un bebé.

Me metí en la ducha y dejé que el agua corriera y cuando noté que salió todo me coloqué un termómetro en el interior de la vagina para saber qué temperatura tenía. Aguardé un momento impaciente y finalmente vi que marcaba treinta y seis con ocho grados.

Demonios, por poco. Estaba comenzando a subir, mi ovulación estaba próxima. ¿Qué día era? No podía recordarlo. Llevaban semanas paseando y disfrutando la luna de miel sin preocuparse por el tiempo ni por nada.

Luego me sentí mal.

Andrew quería tener un hijo y era la primera vez que me lo pedía.

Es que todo había sido tan rápido.

Salir, verse casi a diario, convertirse en su mujer y en menos de un año estaban casados.

Era muy pronto para tener un hijo.

Sólo una vez había deseado ser madre y fue a los veinte con su primer novio. Con Edward habría sido madre, amante, esposa, cocinera... estaba dispuesta a darlo todo y lo dijo sin vergüenza a su terapeuta y esta que tenía mucho más experiencia en hombres le dijo: "te entiendo Sophia pero mi madre siempre me dijo: no es buena idea darle todo a un hombre y creo que tenía razón. Porque si le das todo no queda nada para ti, nada que puedas tener para ti misma, para guardarte..."

Y tenía razón porque quise darlo todo y descubrí que no había quedado más que lágrimas para lamentarme y la soledad, el dolor de haber perdido al único hombre del que me había enamorado.

Luego apareció Luke pero no pude enamorarme, tuve terror a sufrir de nuevo y me alejé porque no quería lastimarlo, era un buen hombre.

Dos años después llegó Andrew Kesington: guapo, rico y seductor, me había conquistado sin mucho esfuerzo, pero cuando llegó el momento de formalizar y entregarse tuve miedo y la noche que apareció Evan y ocurrió ese incidente vi mi oportunidad de escapar. De poner fin a una relación porque no me sentía preparada para entregarme de nuevo. Esa era la realidad.

Demonios, estaba casada con Andrew, era su esposa y me sentía algo rara con eso. Y mucho más rara me sentiría con un bebé en la barriga. Pobre Andrew, ni siquiera imaginaba lo que le estaba pasando...

Cuando regresé a la habitación supe que se sentía mal, lo vi pálido y afiebrado. Me acerqué rápido y toqué su frente.

—Andrew... ¿qué te pasa?

Él me miró y me pidió que le diera un calmante que había en su maleta. Corrí y revolví entre su ropa. No me agradaba hacerlo pero no tenía otra manera de encontrar el frasco con los calmantes que le recetara el doctor.

Finalmente lo encontré en una caja con otras medicinas y una carta dirigida a él. Tomé el sobre y temblé al leer las líneas dirigidas a Andrew por un tal doctor William MacInner.

Allí estaba el resultado de una tomografía realizada hacía un año y tres meses. El tumor era benigno y operable, demasiado pequeño para ser importante pero debía estudiarse su evolución. Luego había otro informe diciendo que había otro tumor ubicado en un lugar del cerebro que no podía ser operado.

Andrew lo sabía.

Dios santo.

Sabía que iba a morir y que ese maligno tumor era incurable.

Guardé el sobre y tomé el frasco con las píldoras.

Él no quería que lo supiera por una razón: no deseaba que le tuviera lástima o que nuestra relación cambiara y de haberse enterado que fue por ese tumor que había decidido volver con él y casarnos se habría sentido muy herido, esa era la verdad.

Sequé mis lágrimas con prisa y fui por una botella de agua para que bebiera sus píldoras.

Me di prisa porque imaginé que estaba sufriendo y necesitaba un alivio.

—Gracias preciosa, demoraste en encontrarlas.

—Sí pero aquí están, tómalas.

Él lo hizo pero demoraron en hacerle efecto.

—Maldita jaqueca—se quejó.

Hacía más de un año que vivía con ese tumor y no se veía enfermo, siempre estaba alegre y era tan amoroso conmigo.

Lo abracé con fuerza y escondí mis lágrimas en su pecho.

—Te pondrás bien, respira...—le dije—respira hondo.

—Eso hago preciosa, ven quédate aquí. Sé de algo que calmará esta jaqueca.

—¿Qué es?—le pregunté.

—Hundir mi infierno en tu cielo tesoro hasta vaciar mi última gota de placer, hasta la última...

Me besó al decir eso y levantó mi camisón para entrar en mi vagina, no podía creer que eso le diera alivio pero al parecer sí lo aliviaba.

—Aguarda, es peligroso, no... debes cuidarte—le dije algo asustada al recordar la temperatura del termómetro.

—Al diablo con eso, quiero hacerlo así, nunca me dejas.

Me rendí ante sus protestas, estaba pálido, estaba sufriendo. Su tiempo se esfumaba. Así que lo abracé y me abrí a él para que eyaculara y me inundara con todo su placer y permaneciera un poco más rozándome. Esa entrega le dio el alivio que necesitaba y se durmió poco después en mis brazos. No escapé para darme otro baño y borrar todo vestigio de su simiente, tampoco habría podido porque el peso de su cuerpo no me dejaba moverme. Así que me quedé donde estaba y me dormí poco después.

DE PRONTO COMPRENDÍ muchas cosas.

Su prisa por la boda, su necesidad de tener una novia formal como nunca había tenido. Los viajes constantes que ahora sospechaba no eran sólo por trabajo. Andrew sabía que su tiempo se acababa y estaba luchando contra esa dura realidad ni detenerse a llorar ni a lamentarse.

Nunca lo vi deprimido o triste. Estaba luchando día a día, a su modo lo hacía. Y Evan había dicho que era débil y no habría podido soportarlo. Pues se equivocaba.

—Te ves cansada preciosa... creo que he sido muy duro contigo estos días, no te he dejado salir de la cama—dijo él.

Se había despertado sin dolor de cabeza y de buen ánimo y me alegraba pero...

—Andrew... esos dolores de cabeza, ¿no crees que deberías ver a un médico de aquí?

Él se puso muy serio.

—Tal vez... pero ahora tengo otros planes. Iremos a dar un paseo por Florencia.

Siempre recordaría mi luna de miel como la etapa más feliz de mi matrimonio, eran días de perder el tiempo juntos, disfrutar, dar paseos, visitar lugares distintos, hacer el amor durante horas...

A veces estaba tan cansada que me dormía en el auto o mientras lo hacíamos. Volvió a pedirme que le diera un hijo, a rogarme que lo dejara esparcir su semilla en mí. No pude negárselo, asustada como estaba dejé de medirme la temperatura. Todos los días acababa en mi vientre, todos los días hacíamos el amor no podría escapar... era muy fértil, mi doctora me lo había advertido pero no toleraba las hormonas de las pastillas sólo podía usar un Diu o preservativo.

No habría soportado que me colocaran ese horrible aparato de cobre así que opté por el preservativo.

Pero Andrew ya no lo usaba.

Y sabía por qué deseaba tanto tener un hijo y decidí dárselo. Aunque sufriera en silencio al pensar que tal vez ni siquiera pudiera verlo nacer.

CUANDO REGRESAMOS A Nueva York, a su departamento en el Central Park sus jaquecas se hicieron tan insoportables que decidí llevarlo al hospital a pesar de su resistencia, porque nada lo calmaba, ningún remedio hacía efecto.

Sus padres y hermanos corrieron a la clínica privada para saber qué pasaba. Andrew tuvo que ser sedado para poder descansar porque había pasado un día infernal por los dolores.

El médico que lo atendió le realizó nuevos estudios y habló conmigo en privado.

—Señora Kensington, lamento decirle que su marido...

—Sí, lo sé doctor, tiene un tumor en el cerebro y... por favor, debe hacer algo para salvarle. Es tan joven, no merece morir así.

—Entonces ya lo sabe... Bueno es que lo que quería decir es que al parecer ha ocurrido un milagro. Hemos notado un cambio en el tumor. Se ha desprendido del lugar dónde estaba y entonces... tal vez haya una esperanza. Pero no se haga ilusiones, señora Kensington. Puede salvarse o morir en la operación por eso no hemos decidido realizarla todavía.

Sus padres llegaron a la sala y hablaron con el médico.

Había una esperanza de salvarle. Efímera, pero existía.

Andrew podía salvarse o morir. Pero ¿qué era mejor? No podía seguir soportando ese dolor, día tras día… la enfermedad se había agravado, avanzaba como un demonio cruel e insensible sin importarle nada.

El señor Kensington se acercó a mí. Se veía demacrado y nervioso. No sabía qué hacer, podía imaginarlo.

—Sophie ¿tú qué piensas? ¿Crees que esa operación tenga éxito?

—Creo que deben operarlo señor John, es una esperanza y…

—Es que no lo hemos decidido, Sophia. Pero si hay esperanzas, si esta operación logra extirpar el maldito tumor hija, si eso significa salvar la vida e nuestro hijo entonces creo que no hay más que pensar pero hay cierto riesgo y si algo sale mal…

—Es difícil, sé que lo es. Pero al menos hay una luz para él. Al fin la hay.

El señor Kesington se emocionó, sus ojos se llenaron de lágrimas.

—Tú eres muy buena Sophia, tú lo has curado, eres un ángel. Evan tenía razón.

¿Evan tenía razón? ¿Qué quiso decir con eso?

—Tú lo has cambiado, has mejorado su salud. Si hace un año que está enfermo hace un año que sufre sin decir nada. En silencio. Pero ahora el tumor ha cambiado, es operable algo que hace unos meses era imposible.

Me acerqué a Andrew y tomé su mano. Dormía profundamente y estaba tan pálido y demacrado. Regresar al trabajo, al estrés había sido demasiado pero no quería quedarse en el departamento todo el día, necesitaba actividades para desplegar tanta energía.

No quería aceptar que estaba enfermo y que cualquier situación negativa lo afectaba. Podía entenderlo, de haber sabido que mis días estaban contados habría viajado y lo último habría sido quedarse encerrado en casa.

Evan llegó entonces y lo vi hablar con sus suegros.

Luego se me acercó para saludarme.

—Sophia, te ves cansada. ¿Por qué no vas a descansar un poco al apartamento?

—No... quiero quedarme. Estoy bien.

—No, te ves mal. No querrás pescarte alguna peste aquí. Esto es un antro de enfermedades que flotan en el aire.

Tenía razón pero preferí quedarme junto a Andrew.

Evan se marchó entonces y regresó, minutos después, seguido de una enferma portando una bandeja conteniendo jugo de naranja y un sándwich.

—Es para ti. Debes cuidarte porque Andrew estará días aquí y tú...

—Gracias Evan...

Estaba hambrienta y al borde del colapso pero no quería moverme del hospital.

Fueron días de angustia, Andrew permaneció sedado en espera de la decisión final pues le habían hecho nuevos estudios para ver si la operación sería exitosa. Era muy delicada y podía morir, eso era lo que decían sus padres.

La presencia de Evan fue constante y debo admitir que me incomodaba, porque estaba muy alterada por toda la situación y no pude evitar desahogarme con él y decirle toda la verdad.

—Su padre teme operarle Evan, teme perderlo pero qué pasará si su vida se hace insoportable, si no deja de sufrir esos horribles dolores de cabeza.

—No te preocupes por eso, mi tío John será el primero en dar su consentimiento si la operación tiene chances de salvarle la vida, lo que ocurre es que los médicos no están muy seguros porque el tumor ha crecido de golpe y temen que se expanda aún más. Necesitan tiempo para ver qué pasa y tal vez le den el alta ahora y esperen unas semanas. Pero no temas que si realmente las posibilidades son buenas sus padres querrán operarle.

—Evan... Andrew ya lo sabe, él tenía unos exámenes que...

Le conté en pocas palabras la tomografía y el informe de su doctor.

—Bueno, eso no es tan malo al contrario, si lo sabe y ha decidido seguir adelante con su vida, casarse, eso es muy bueno. Tal vez fue eso lo que lo guió a ti.

—¿Qué? No entiendo lo que quieres decir.

—Es que mi primo era un galán seductor Sophie, no quería saber de nada con los compromisos y la palabra matrimonio lo espantaba. Su enfermedad, saber que podía morir en unos meses lo hizo que recapacitara y buscara las cosas que valen la pena vivir en este mundo: el amor es una de ellas. Pero también la familia, los viajes... vaya, ha demostrado ser más fuerte de lo que parecía y me alegro por él. No debió ser fácil todo esto preciosa. Saber que iba a morirse.

Sus palabras me desconcertaron un poco. ¿Habría buscado realmente una relación seria luego de enterarse que tenía un tumor?

Tal vez porque ahora quería que le diera un hijo. Vivir en pocos meses todo aquello que en el pasado había desdeñado y que descubrió que valía la pena intentarlo, arriesgarse.

Andrew despertó entonces y me acerqué al oír que me llamaba.

—Mi Sophie... estás aquí—dijo y tomó mi mano.

—¿Cómo estás, amor? ¿Te duele algo? ¿Quieres que avise al doctor?

—No... estoy bien. ¿Cuándo regresaremos a casa? Me muero por hacerte el amor preciosa, tengo la sensación de que he dormido mil años—dijo.

Entonces vio a Evan y su mirada cambió.

—Vaya, tú sí que no pierdes el tiempo. Estás como un buitre rondando a mi esposa. Desgraciado. Dije que no iba a compartirla contigo.

Evan se puso serio y sus ojos azules centellearon.

—Cálmate sí, no digas tonterías. La pobre Sophia no se ha separado de ti, mírala. Está cansada y no es justo que tenga que soportar tus celos estúpidos.

Pero Andrew no se calmó, al contrario.

—¿Me crees tan estúpido? Te dije que te alejaras de Sophie, ve a buscarte tú una chica y deja en paz a mi mujer. Estás esperando que me muera para robármela. Pero ella es mía, sólo mía y te mataré si intentas algo.

Decidí que debía intervenir.

—Andrew por favor, no digas esas cosas, cálmate... Eres injusto con Evan, lo acusas de algo que...

Él me miró y supe que estaba furioso.

—Tú no conoces a mi primo preciosa, eres tan ingenua... ¿por qué crees que está aquí? ¿Por mí? No... está deseando que me muera para llevarte con él y consolarte. Está loco por ti desde que te vio en mi apartamento esa noche quedó enamorado de ti y quiso convencerme, chantajearme para que te compartiera como hacíamos antes con otras chicas.

Evan intervino.

—Deja de mentir, yo te ayudé a recuperar a tu mujer. Yo la convencí de que se casara contigo, de que no te abandonara y lo sabes bien.

Me sentí mareada, no lograba entender de qué lo acusaba Andrew pero sabía que Evan no mentía. Él hizo que regresara luego de saber que Andrew estaba muy enfermo pero no era justo que mi esposo lo supiera.

—Bueno, tienes razón en eso, te debo una. Pero no lo hiciste por mí, lo hiciste para estar más cerca de mi mujer porque te gusta y tú nunca te das por vencido. Te conozco.

Miré a Andrew atónita. Al parecer él también sabía por qué me había casado con él, por qué había regresado. Me sentí mareada y enferma. Se suponía que era un secreto, que Andrew no debía saber de su enfermedad, que yo estaría a su lado cuidándole hasta el fin pero ahora descubría que él siempre lo había sabido y usó a Evan para atraerme a su lado.

—Tranquilízate Andrew, deja de acusarme y de actuar de forma tan egoísta. Tienes una esposa que te ama y cuida de ti, no es justo que la atormentes con tus celos. Estás en una etapa crucial— dijo Evan.

Luego se marchó molesto y Andrew me miraba con fijeza.

—Ven aquí tesoro, me muero por besarte.

Me acerqué despacio y él me atrapó y me dio un beso ardiente.

—No quiero que vuelvas a hablar con mi primo, ¿entiendes? Si vuelvo a verlo cerca de ti lo mataré.

—Andrew no digas eso, deja de sufrir esos celos enfermizos.

—No son celos, no se trata de eso. Escucha, Evan quiso obligarme a compartirte una noche, su plan era que te drogara para que él pudiera poseer cada rincón de tu cuerpo. Te desea y siempre tiene lo que desea. Peleamos, lo golpee y le dije que lo mataría si se acercaba a ti.

—No se acercará a mí, deja de decir esas cosas.

Enrojecí sin poder evitarlo.

Su padre entró entonces y puso fin a la pelea. No mencionó la operación sólo dijo que en unos días tendría el alta médica y podía regresar a casa. Al parecer la operación debía esperar.

Y mirando a su hijo le dijo: —Quiero que hagas reposo, el médico dijo que debes estar tranquilo, Andrew.

Pero él no quería saber nada del asunto lo vi en sus ojos.

—¿Encerrado en casa todo el día? No haré eso papá. No me condenarán a ser un inválido. Lo sé todo ¿sabes? Hace tiempo que lo sé, no dije nada porque estaba deprimido y no quería que me alejaran de la actividad como un inútil.

—Andrew, por favor... hay una posibilidad de operarte.

Cuando mi esposo supo de la operación quiso ser operado de inmediato pero su padre parecía vacilar.

—Es muy riesgosa, muy delicada. Puedes salvarte o morir Andrew. Mejor será que lo tomes con calma. Además dejarán pasar unos días, semanas antes de realizar la cirugía. Necesitarás seguir un tratamiento y tienes todo nuestro apoyo pero deberás colaborar también. Hacerte todos los exámenes.

La esperanza lo cambió, la esperanza de poder sanar fue todo para Andrew en esos momentos y dijo que lo haría.

—Voy a operarme papá, lo haré. Si hay posibilidades de extirpar este maldito tumor... no me importa lo demás. Toda operación es siempre un riesgo pero si dicen que pueden operarme es porque realmente es mi salvación.

Pero los días siguientes fueron un tormento. Andrew debió quedarse en cama porque no soportaba los horribles dolores de cabeza, cumplió los exámenes sí pero estuvo días sintiéndose mal sufriendo dolor, vómitos y mareos.

Ya no aguantaba más. Su condición parecía haberse agravado y me pregunté si realmente podrían salvarle. Sabía que el cáncer era una enfermedad cruel y traicionera, podía desaparecer por completo y regresar en el momento más inesperado. Y él estaba luchando por vivir y no quería rendirse, a pesar de todo el dolor que tuvo que soportar ahora al menos había una esperanza y fue bueno saberlo porque le dio fuerzas para seguir.

Volvieron a internarlo una semana después y a hacerle nuevos estudios para ver cómo había evolucionado el tumor. Vivir ese infierno nos unió, siempre estuve a su lado, día tras día y cuando mi madre se enteró fue a visitarlo, me ofreció su ayuda. Era imposible seguir ocultándolo.

Toda su familia estuvo cerca y también Evan, a pesar de las acusaciones que lanzó Andrew sabía que no eran verdad. Era su primo, su amigo y antiguo compañero de parranda y no buscaba llevarme a la cama sino estar allí por si lo necesitaba.

Me sentía al borde del colapso. Estaba agotada no sólo físicamente sino que mi cabeza parecía a punto de explotar.

Su salud había empeorado y tuvieron que ingresarlo al CTI. Lo encerraron en una sala de urgencias, de cuidados intensivos y sólo pude ingresar un momento a despedirme, no me dejaron quedarme. Eran las reglas.

Cuando pasó eso, Evan estaba a mi lado y me abrazó cuando me desplomé porque pensé que era el fin. Que no volvería a verlo con vida.

—Cálmate, saldrá de esta, te lo aseguro.

—¿Y por qué no lo operan? ¿Por qué demonios no lo operaron?

—Porque si lo operaban ahora moría, es una cirugía muy delicada lo sabes.

Sentí que todo me daba vueltas y no podía mantenerme en pie y caí en sus brazos y él me retuvo alto y fuerte como era. Sus ojos se clavaron en los míos con preocupación...

—No temas, todo saldrá bien, Andrew es fuerte, Sophia. Necesitas descansar, ven...

Protesté pero él me llevó lejos del hospital, logró meterme en su auto y yo acepté ir con él aterrada de tener que enfrentarme al fatal desenlace que me esperaba. No quería verlo morir, no quería estar allí, quería correr, escapar, desaparecer... estaba aterrada, estaba triste y él estuvo allí para consolarme, para hacer que reaccionara.

Hizo que tomara un calmante y descansara, que durmiera durante horas. Lo necesitaba, llevaba semanas sin dormir bien, días y noches de angustia viendo cómo sufría Andrew sin poder hacer nada.

Al despertar al día siguiente no sabía dónde estaba hasta que lo vi sentado a mi lado mirándome. ¿Entonces había ido a su casa y había dormido en su cama? No podía creerlo.

—Tranquila... te traje porque estabas descompensada pero te pondrás bien, el médico que te revisó dijo que necesitas descansar. Estás agotada y podrías enfermar. Tus análisis de sangre no dieron bien, tienes anemia y un embarazo de ocho semanas.

—¿Qué dices?

No podía creerlo, ¿entonces por eso sufría esos mareos y..?

—Sí, al parecer la luna de miel dio sus frutos. Estás esperando un bebé de Andrew. Eso lo alegrará cuando despierte, imagino que tuvieron una luna de miel muy agitada.

Me sonrojé intensamente.

—Pero... ¿dices que tengo ocho semanas?

—Sí... y ahora debes cuidarte. Te quedarás aquí unos días hasta que te sientas mejor y estés fuerte para volver a tu apartamento.

—¿Pero y Andrew? ¿Andrew cómo está?

—Está grave preciosa, muy grave pero dentro de su gravedad dicen que está estable. Hay que esperar, esperar su evolución. Si logra salir adelante intentarán operarle. Tómalo con calma ¿sí? Debes pensar en tu bebé ahora. Es muy reciente y es muy pequeñito. El doctor dijo que debes hacer reposo, que todo este estrés puede hacer que pierdas el embarazo. Debes cuidarte y descansar. Alimentarte adecuadamente.

Saber que esperaba un hijo me provocó una emoción extraña, contradictoria y lloré porque tuve la esperanza de que no hubiera pasado, que esos días en Italia que Andrew lo hizo sin tomar precauciones no dieran su fruto. Pero ahora descubría la verdad. Estaba esperando un hijo suyo y él no lo vería nacer y tal vez ni siquiera llegar a saberlo porque su estado era delicado.

—No puedo quedarme aquí, en tu casa. Andrew se pondrá furioso y creerá que... sabes que sufre de unos celos enfermizos.

—Tranquilízate, él no lo sabrá. Está inconsciente y todos creen que estás en casa de tus padres en Boston porque necesitas hacer reposo. Luego se enterarán del bebé porque ahora no sería una buena idea darles la noticia porque si algo pasa con tu embarazo o con tu marido... será demasiado para mis tíos. Y lo principal es que te cuides. Ahora yo seré tu enfermero preciosa, lo necesitas. Debes hacer quietud hasta completar las doce semanas eso dijo el doctor que te atendió. Son vitales esas semanas para el bebé, es minúsculo y cualquier caída o nervios pueden hacer que se desprenda del útero y eso no debe pasar.

Tuve que aguantar las lágrimas y la confusión que sentía y asumir que estaba embarazada y una vida crecía en mi interior. Un ser pequeñito, indefenso a quien debía proteger.

—Pero no puedo quedarme aquí todo ese tiempo. No es correcto.

—Escucha Sophia, tómalo con calma, ahora estás cerca de la mejor clínica privada de maternidad de Nueva York y puedes necesitarla. Si

Andrew mejora y es dado de alta te llevaré a su departamento, pero ahora necesitarás quién cuide de ti hasta que la etapa de riesgo pase. Estás débil, tienes anemia...

Evan cuidó de mí. No entendía por qué lo hacía y me pregunté si en realidad no sería porque yo era parte de su familia o tal vez por Andrew.

Cuando mi madre supo del embarazo corrió a verme emocionada y habló con Evan para llevarme a casa pero él se opuso y le explicó que el embarazo era de alto riesgo y no podían trasladarme a ningún sitio.

Ella lo aceptó y no insistió.

Evan fue un gran apoyo para mí esos días, como un amigo. Día tras día iba a verme para saber cómo estaba y si por alguna razón tenía que salir una enfermera se quedaba conmigo para acompañarme y conversar. No siempre era la misma pero siempre había alguien.

No sabía cómo agradecerle pues pronto comencé a sufrir mareos, náuseas y hubo días en los que no pude moverme de la cama porque todo me daba vueltas.

El ginecólogo de la clínica fue a verme pero luego de hacerme nuevos exámenes de sangre y una ecografía dijo que todo iba bien.

—Es normal y puedes estar un tiempo más sintiéndome mareada y sin fuerzas. Sigue tomando las vitaminas que te mandé y si tienes muchos vómitos avisa que deberemos pasarte suero por vía intravenosa.

Durante ese tiempo Andrew estuvo en coma inducido pero Evan no me lo dijo, lo supe por mi madre.

Tuve la sensación de que él me ocultaba cosas para no preocuparme y cada vez que le preguntaba por mi esposo él respondía lo mismo: que estaba estable y esperaban su evolución.

Pero algo estaba pasando en el hospital, lo intuía.

Esa tarde lo vi llegar cansado y muy serio. Disgustado.

—¿Cómo estás Sophia? ¿Y el bebé? ¿Ya lo sientes patear?

En ocasiones me decía esas cosas.

—Estoy bien, gracias... pero tú te ves cansado.

Lo vi tomar una cerveza de la nevera. Siempre almorzaba y cenaba en restaurantes salvo cuando se quedaba conmigo y pedía comida especial y me acompañaba.

—Tuve un día complicado en el trabajo pero estoy bien...

—¿Y Andrew? ¿Sabes algo de él?

Él me miró con fijeza.

—Hoy no pude ir a verlo pero mi tío dijo que está igual. Aguarda, llamaré al hospital.

Terminó la cerveza y lo vi aflojarse la corbata como si esta amenazara con ahorcarle.

Extrañaba a Andrew, quería estar con él y mientras lo oía hablar con el hospital lloré. No podía aceptar que toda su lucha fuera en vano, que sólo esperaran un desenlace triste. Tampoco me sentía cómoda con el embarazo, sentía que me habían hecho un hijo a la fuerza, que su semen tomó mi cuerpo esos días sin que yo quisiera y logró su objetivo sin mi consentimiento. No me sentía preparada para tener un bebé, para renunciar a todo y tener que pasar más tiempo en cama. Estar confinada en ese lugar me alteraba, quería salir, tomar aire...

De pronto lo vi parado en mi habitación y sabía que estaba llorando. Su mirada lo decía todo.

—Sophia, ¿qué tienes?—preguntó.

—Nada... estoy bien. Andrew...

—Andrew está mejor preciosa, anímate. Lo pasaron a cuidados intermedios y si todo sigue así podrán operarle.

—OH, ¿de veras?

—Sí... pero debo advertirte que la operación será muy riesgosa y luego la recuperación será lenta. Tú no podrás cuidarle en tu estado. Pero él tendrá el mejor equipo para rehabilitarse.

—Pero yo quiero estar allí, quiero ir al hospital.

—No, todavía no puedes, preciosa. El médico ordenó quietud absoluta, ¿lo olvidas? Y verlo como está podría afectarte.

—Evan, no puedo quedarme aquí más tiempo, si Andrew se entera de que estuve aquí pensará que tú...

—No... no pensará nada porque estás embarazada de él, no de mí. Él te hizo ese bebé en la luna de miel y se sentirá más que feliz cuando se entere. No tiene por qué saber que te quedaste en mi departamento, nadie lo sabe excepto tu madre pero ella no dirá nada estoy seguro. Ahora cálmate ¿sí? Eres parte de la familia y estás esperando un hijo de mi primo, ¿crees que sería tan ruin de intentar seducirte, de aprovecharme de la situación?

—No... no dije eso, no quise que...

—Entonces haz lo que te dije. Descansa. Sé que todo esto es muy difícil para ti pero deja de pensar que Andrew vendrá aquí y pensará lo peor. Tu marido ahora está luchando por vivir y luego de la operación tardará meses en recuperarse. No creas que luego Andrew podrá salir como si nada del hospital. Mientras eso pasa tú te quedarás aquí y cuidarás ese bebé, porque sé que él así lo habría querido. Has hecho todo lo que podías por Andrew, te casaste con él, lo hiciste feliz y lo acompañaste en sus peores momentos. Pero en el CTI ya no podías hacer nada, no permiten visitas ni ahora tampoco.

—Por favor Evan, deja de hablar como si Andrew fuera a morir.

—Perdóname pero existe esa posibilidad. Y si eso pasa, tú deberás estar preparada y luchar por tu hijo. No importa si lo deseaste o no, si fue un descuido o si Andrew te lo hizo a la fuerza, está allí y es un ser inocente que te necesita mucho ahora Sophia. Y no llores, acéptalo, es una vida que está creciendo en tu vientre. Y si mi primo sobrevive y sale adelante se sentirá muy feliz con tu embarazo porque imagino que él quiso hacerte ese bebé.

—¿Cómo lo sabes? ¿Cómo sabes que él quería un hijo? ¿Acaso te lo dijo?

Él demoró en responderme mientras bebía un sorbo de cerveza.

—Él me pidió que te convenciera de volver con él, que te dijera la verdad. Cuando supe que estaba enfermo me sentí muy mal porque nadie de la familia lo sabía y acepté ayudarlo. No lo pensé. Si Andrew iba a morir en semanas, o meses merecía ser feliz. Estaba desesperado porque tú llegaste a su vida cuando descubrió que tenía un tumor no operable y sus días estaban contados. No pensaba hacer planes pero se enamoró de ti y luego deseó que le dieras un hijo. Yo le dije que no era buena idea pero pensó en sus padres.

—Me usaron, todos ustedes... para que cumpliera mi parte del trato. Ese contrato que firmé acepté renunciar a mi trabajo y cuidar de Andrew y ahora... Me obligarán a criar un hijo y él tal vez ni siquiera llegue a saber de mi embarazo.

—No digas eso, tienes una familia entera para ayudarte Sophia, ese niño no será sólo tuyo, es de Andrew y sus padres están muy felices cuando se enteren porque saben que si algo le pasa a su hijo tendrán algo para recordarle. Intenta comprender.

—Sí, lo entiendo... es su hijo y lo aman pero... ¿Por qué no buscaron otra chica para una inseminación artificial? No me siento preparada para esto, deberé renunciar a todo para cuidar a un bebé que no desee. Debió darme tiempo, debió convencerme en vez de hacerme un hijo de esta forma. ¿Por eso se casó conmigo?¿Porque su madre le pidió un nieto? Entonces él no me ama, no soy nada más que un vientre alquilado para él.

—Eso no es verdad. Eres tú quién no lo ama por eso no soportas todo esto. Pero mi primo sí te ama y haría cualquier cosa por ti, para retenerte a su lado.

—Yo quería a Andrew sí pero no estaba preparada para casarme, tengo veintitrés año y una carrera sin terminar, un montón de sueños sin cumplir. Nunca quise esto es verdad, no me culpes, no me hagas sentir peor de lo que me siento ahora.

—Está bien, no quise decir eso. Cálmate sí, no te alteres, piensa en tu bebé.

Así que todo formaba parte de un plan. Andrew le había pedido que me convenciera, y mucho antes me propuso matrimonio al saber que le quedaba poco tiempo de vida. Luego surgió lo del bebé. Un bebé para recordarle cuando ya no estuviera.

Me sentí mal. Me habían usado sí, atrapado para que aceptara su parte pero podía entenderlo. Su hijo se estaba muriendo y ese bebé era una promesa, era cuanto quedaría si algo salía mal...

Por eso la mantenían encerrada en ese departamento.

No se engañaba. Sus suegros debieron pedirle a Evan que la mantuviera allí para que nada saliera mal. Debía aceptarlo. Eran situaciones límites. Y Evan no era un ser perverso que quería llevarla a la cama algún día él también era un peón en el tablero. Primero la había convencido de que se casara con Andrew y ahora la cuidaba en su departamento para que nada le pasara al bebé.

Al final lo entendí pero estar en cama me deprimía. Estaba deseando poder salir, dar un paseo... ver el mar de Boston.

—¿Y cuándo podré abandonar la cama Evan? ¿Hasta cuándo deberé quedarme aquí?—le pregunté mientras cenábamos en el cuarto y solo se escuchaba una música suave de fondo.

—Cuando el doctor diga que ha pasado el riesgo. Tu embarazo es de alto riesgo, preciosa. No quise decírtelo para no asustarte, ya tienes demasiado para angustiarte. Puedes perder al bebé si no haces quietud. Ignoro cuánto tiempo deberás estar en la cama, un mes, dos meses o todo el embarazo. El médico dijo que si tienes pérdidas o contracciones puedes perderlo.

—Pero cuando Andrew salga del hospital...

—Eso llevará meses, su recuperación será lenta. Él no podrá cuidar de ti ni del bebé.

—Pero quiero volver a casa con mis padres, ellos cuidarán de mí. En Boston. Tienen una casa espaciosa y podré ver los jardines.

—Está bien, luego irás. Pero ahora no puedes moverte de la cama. Ni ir en auto a ninguna parte. Quietud absoluta. Y ahora come, no has probado nada de la bandeja.

—Es que no quiero comer, no tengo hambre.

—Piensa en tu bebé y come.

Obedecí como siempre hacía. No solo me cuidaban día y noche de pronto comprendí que era una prisionera en ese apartamento.

—Entonces tú lo sabías, conocías el plan y me hiciste creer que sería la enfermera de Andrew no que me convertirían en la incubadora para los Kesington. ¿Y qué planean hacer luego? ¿Me dejarán ir luego de que tenga al bebé?

—No harán eso deja de hacerte ideas raras en la cabeza. Estoy cuidando de ti Sophia, y es mejor que estés aquí y no en la mansión de los Kesington en los Hamptons, te lo aseguro. Pero si Andrew es dado de alta deberás ir allí con él, no lo dejarán solo en su departamento. La rehabilitación llevará mucho tiempo y cuando pueda despertar y verte ya se te notará la panza.

Estaba molesta, no me hacía a la idea de que iba a tener un bebé y que debería mudarme a la mansión de los Kesington.

—¿Y si Andrew no lo resiste, si muere?—mi voz se quebró y lloré, no pude evitarlo.

—Pero no pienses en eso ahora, piensa que va a salvarse y serán una familia. Tal vez tengas otros hijos... ¿crees que te dejará escapar? Estás atrapada preciosa, hazte a la idea y no luches, ni te angusties. Ahora no pienses en largarte a Boston sino en cuidar ese bebé que llevas ahí.

Tuve que morderme la lengua para no contestar y tragar la rabia que sentía. A fin de cuentas tenía razón. No podía hacer nada porque ya estaba hecho. Andrew me había hecho un bebé y debía tenerlo, pasara lo que pasara.

PASARON LAS SEMANAS y mi vientre comenzó a endurecerse y noté que la ropa de siempre ya no me servía.

Las náuseas habían desaparecido pero los mareos continuaban y ahora me enfrentaba a la segunda ecografía para saber cómo estaba el bebé.

Estaba débil de tanta quietud y me preguntaba hasta cuándo debía estar confinada en el departamento de Evan.

Todo el equipo estaba listo para realizarme la ecografía.

—¿Cómo te has sentido, Sophia?—quiso saber el médico mientras me realizaba la ecografía.

—Bien...

—¿Has tenido náuseas, mareos, vómitos?

—Sólo mareos.

Me colocaron un gel frío en el abdomen y comenzaron a salir las primeras imágenes del bebé. Era pequeñito pero ya tenía forma humana.

—Allí está, ¿lo ves?—dijo el médico de cara muy rosada y cabello rubio.

Evan se acercó y lo vio antes y preguntó si era sano.

—Sí, es normal. ¿Quieren saber el sexo de su hijo?

Al parecer el doctor creía que Evan era el padre.

—¿Tú quieres saber, Sophia?

Asentí con un gesto.

—Aquí están sus genitales. Es un varón. Y se mueve mucho eso denota salud. Latidos normales...

—¿Y puedo dejar de hacer quietud doctor? ¿Ya puedo salir de la cama?—pregunté.

—¿Quietud? No entiendo, ¿por qué haces quietud? ¿Acaso has tenido dolores o contracciones?

—¿Contracciones?

—Sí, es cuando sientes que el vientre se endurece y luego se distiende, si ocurre a menudo es cuando debes consultar. Ahora por ejemplo no tienes contracciones.

—A veces siento eso que dice doctor. Me duele.

—¿Te duele mucho? Aguarda... creo que tendré que hacerte nuevos estudios.

Acepté quedarme resignada.

Acababa de ver a mi bebé, estaba allí y era un varón. Me pregunté si se parecía a Andrew.

Ese día iban a operarle y temblaba porque la operación duraría horas. Tal vez ya hubiera comenzado...

—Me preocupan esos dolores que dices. Creo que deberé ingresarte para estudiar en qué momento aparecen las contracciones.

—Pero doctor, hoy operan a mi esposo y...

El médico miró a Evan desconcertado.

—¿Señor Holmes está usted enfermo?—preguntó.

—No... es que Sophia es esposa de un primo que está grave y por eso estoy cuidándola.

—Ah ya entiendo... es que me confundí, mil perdones. Sophia, escucha... comprendo que estés ansiosa pero es necesario saber en qué momento ocurren las contracciones porque además de reposo deberé darte medicación.

Cuando el médico se marchó Evan me dijo: —No te preocupes por eso, la operación será larga Sophia. Yo te avisaré... descansa. ¿Has visto al bebé? Es un varón y Andrew estará muy contento cuando se entere.

Lloré cuando escuché eso y si nunca se enteraba, si luego de esa operación... no quise pensar en eso.

—Descansa Sophia... yo cuidaré de ti y nada te pasará—dijo Evan y tomó mi mano.

¿Por qué lo hacía? ¿Por qué se tomaba tantas molestias? Cuidar a la esposa embarazada de su primo no debía ser negocio para él, un alegre soltero de vida libertina. Salía con una chica distinta todas las semanas y eso no me incumbía pero...

—¿Por qué me proteges tanto Evan? Puedo regresar a Boston, mis padres me cuidarán y...

—Sophia, escucha... Lo hago por mi primo, por ti, esperas un bebé y tu marido está muy enfermo. Además el médico quiere hacerte más estudios para saber por qué sufres esas contracciones. Cuando desaparezcan y el bebé esté seguro entonces espero que puedas regresar con Andrew y todo vuelva a la normalidad.

Evan se marchó poco después para ver cómo iba la operación de Andrew mientras yo esperaba los resultados de los exámenes para saber si realmente tenía contracciones.

Recé para que Andrew se salvara.

Yo que había abandonado la religión hacía años recordaba bien el padrenuestro y lo recé casi sin darme cuenta.

No tardé en dormirme, estaba cansada, sin fuerzas.

LA OPERACIÓN FUE UN éxito pero todavía no podían saber cómo reaccionaría Andrew y fue enviado a cuidados intensivos porque necesitaba recibir una atención especial.

Mi madre fue quién me dio la noticia.

—Lograron extirparle ese tumor, al parecer era benigno... y por eso. Dicen que dude que regrese.

Sentí una emoción especial. ¡Al fin una buena noticia! Lloré de felicidad. Había rezado por Andrew, había deseado tanto que se salvara con la angustia de no tener la certeza de lo que iba a pasar pues nadie me decía qué estaba pasando.

—Todo estará bien Sophia. ¿Y tu bebé?

—ES un varón mamá. Me lo dijeron hoy temprano.

—Oh qué estupendo. Ellos adoran a los varones. Siempre quieren tener un hijo varón que siga sus pasos. Pero tú... sigo viéndote pálida. ¿Te sientes bien?

—Estoy cansada y... creo que es la quietud, paso demasiado tiempo en la cama. ¿Crees que pueda ver a Andrew?

—Lo verás en unos días, si todo sale bien... ahora está en cuidados intensivos porque la operación en la cabeza fue muy delicada y perdió mucha sangre.

Evan entró entonces.

—Señora Lavigne por favor. No le cuente esas cosas a su hija, está embarazada y eso la vuelve más impresionable.

Mi madre lo miró furiosa.

—Perdóname Sophia no quise...

—Sophia el médico quiere hablar contigo ahora.

—¿Viste a Andrew?

Evan asintió.

—Sólo un momento. Está bien, la operación fue un éxito. Ahora necesita recuperarse pero es fuerte, el médico dijo que es muy sano y siendo joven...se pondrá bien. Ya verás. Además no era un tumor maligno, eso fue fundamental.

—¿Entonces podrá recuperarse pronto?

—Es lo que todos deseamos preciosa... y en cuanto a ti, el médico quiere hacerte más estudios así que deberás quedarte hasta mañana. Lo siento.

—¿Estudios? ¿Qué estudios deben realizarse?—preguntó mi madre.

Evan la miró.

—Su hija debe hacer quietud porque tiene contracciones y están investigando qué las provoca. Cursa un embarazo de alto riesgo, ¿acaso no lo sabe?

—Pero Sophia no me dijo nada... imagino que deben ser los nervios por lo que le pasó a Andrew... yo te veo bien. ¿Qué dijo el doctor exactamente?

—Lo que acabo de decirle señora Lavigne, tiene problemas en el útero y necesita hacer quietud para que cesen las contracciones. Creo que deberá hacer quietud un tiempo más.

—Bueno, yo puedo cuidarla. Sophia, ¿dónde estás quedándote?

Me sonrojé al decirle que estaba en casa de Evan.

Mi madre lo miró con suspicacia como si sospechara algo.

—Pero tú eres...

—Evan Holmes, soy primo de Andrew. Y esta clínica es la mejor de Nueva York señora Lavigne y además vivo cerca del departamento de mi primo, ella podrá regresar junto a su esposo en cuanto esté mejor.

—Pues usted será primo de Andrew pero no creo que sea correcto. Yo soy su familia, soy su madre y si algo pasa con mi hija embarazada... pues debo estar presente.

—Por supuesto. Pero usted vive en una casa a medio día de distancia de Nueva York y dudo que se encuentre cerca de una clínica de maternidad si algo pasa. Aquí tendrá la mejor atención, los mejores médicos, no creo que sea buena idea llevarla a un hospital público.

Su madre estaba fastidiada por la insistencia de Evan y podía entenderla.

—Pues en Boston hay uno de los hospitales más importantes del país.

—Sí, lo conozco. Pero es hospital no clínica especializada en maternidad, hay una diferencia. Si algo le pasa a su hija señora Lavigne la dejarán en espera en urgencia, no le darán prioridad y en ausencia de Andrew soy su apoderado y quién toma las decisiones ante cualquier eventualidad. No permitiré que nada le ocurra a Sophia sólo por su insistencia. Ella está bien atendida aquí y luego regresará al departamento dónde una enfermera la cuida día y noche.

—¿El apoderado de Andrew? Pues yo soy su madre y si decido que estará mejor en mi casa la llevaré. No sé por qué pretende asustarme con sus advertencias. Hablaré con el doctor y averiguaré qué es lo que está pasando aquí.

—Sophia vendrá conmigo, señora Lavigne.

La forma en que lo dijo me molestó pero no intervine para no echar más leña al fuego. Estaba nerviosa por mi bebé y Evan tenía razón, me gustaba esa clínica, nunca tenía que esperar y enfermeras y médicos, todos eran tan amables.

—Mamá, quiero quedarme con Evan hasta que Andrew mejore. Me gusta esta clínica.

Mi madre lo aceptó pero la noté algo ofendida y cuando Evan se fue se me acercó y me dijo que no le gustaba ese hombre.

—Actúa como si fuera él tu marido Sophia y la forma que te mira... ese hombre te mira como mujer no como la esposa de su primo. ¿Crees que soy tonta y no lo veo? ¿Cuánto hace que te quedas en su casa?

—Mamá por favor, no digas esas cosas. No hay nada entre nosotros.

—¿Estás segura? Estás dejando que ese primo de Andrew tome decisiones por ti, que te cuide y te deje encerrada en su departamento. ¿Crees que no intentará algo cuando pases la etapa de riesgo? Además dudo que a tu marido le haga gracia saber que te estás quedando en casa de ese hombre. ¿Cuánto hace que vives en su casa?

—Tres semanas, mamá. Es que me sentí mal en el hospital, me desmayé y me internaron y luego él se ofreció a cuidarme. Estaba agotada y me lo he pasado enferma todo el tiempo, recién ahora he dejado de sufrir náuseas, de sentir dolores. Además estoy esperando un bebé de Andrew y debo velar por su bienestar, me gusta esta clínica, es la mejor de Nueva York y luego...

—Está bien, tú ganas. Eres adulta y me imagino que no será tan chiflado de intentar propasarse con la esposa de su primo pero... solo ten cuidado y mantente en contacto. Avísame si te sientes bien, si cambias de idea o si pasa algo inesperado. Mañana vendré a visitarte y también veré cómo sigue tu esposo. Espero que se recupere rápido antes de que otro quiera quedarse con todo. Algunos tipos son así: les encanta robar nidos ajenos con huevos empollados y todo.

—Ay mamá, por favor no digas esas cosas. No hay nada con él. Jamás pasó nada ni va a pasar.

—Pues ten cuidado, eres una chica preciosa y ahora estás sola, sin tu marido y podría querer aprovecharse de la situación.

—Deja de pensar que tengo quince años por favor, soy adulta y además estoy embarazada mamá y no sé qué va a pasar con Andrew ni con mi bebé, todo es un horrible interrogante.

—Está bien, no llores que le hace mal al bebé, yo lo entiendo... es que soy tu madre y no puedo evitar ver cosas que no me agradan y preocuparme por ti.

Sequé mis lágrimas y entonces vi a Evan que miraba a mi madre con cara de pocos amigos, pero no se atrevió a intervenir.

—Descansa Sophie... te ves cansada. Todo saldrá bien...

Me acosté porque comenzaba a sentir el cansancio de ese día.

—¿Y Andrew? ¿Sabes algo de él?

—Está estable, es lo único que dicen. Hay que esperar, ten paciencia ¿sí? Andrew está siendo atendido en el mejor hospital y la cirugía fue un éxito. Ahora sólo queda esperar a que se recupere.

REGRESÉ AL DEPARTAMENTO de Evan y lo primero que hice fue caminar, ir hasta la nevera y buscar algo dulce... El médico dijo que podía estar levantada, sentada pero sin realizar ni caminatas ni tampoco ningún esfuerzo. Al parecer todo marchaba bien y las contracciones habían cesado sin embargo me dijo que evitara cualquier situación estresante o que me disgustara.

—No camines Sophia, regresa al sillón—dijo Evan.

Lo miré desconcertada.

—Pero el doctor dijo que hiciera vida normal.

—¿Vida normal? Todavía no ha pasado el peligro preciosa, caminar puede provocar contracciones y el médico sólo te autorizó a abandonar la cama y estar sentada. No moverte de un sitio a otro.

Sentí ganas de llorar.

—Me tratas como una inválida, odio esto. Quiero ver a Andrew y tampoco me dejas.

Él sostuvo su mirada.

—Preciosa, cálmate ¿sí? Nadie va a encerrarte, estoy cuidando de ti porque estás sola y con un embarazo difícil. Deja de maquinarte cosas. Nadie va a hacerte nada, no lo permitiría. Ni siquiera Andrew.

—Andrew es mi esposo y tú no dejas que lo vea.

Evan se alejó en busca de una cerveza. Bebía varias latas al día y noté que lo hacía cada vez que teníamos alguna riña.

—¿Tienes algo dulce? Algún helado o...

Él me miró desconcertado.

—No... pero puedo llamar al restaurant, qué te gustaría comer.

—Un pastel de chocolate, mucho chocolate.

—¿Eso se llama antojo verdad?

—Tu heladera está vacía Evan y... pensé que la empleada cocinaba.

—Lo hace pero deja lista la comida para una embarazada no hace postres. Deberé conseguir yo mismo tus antojos, Sophia.

De pronto sentí que acariciaba mi cabello y me estremecí, sus ojos azules me miraban con intensidad. Iba a besarme, lo temía y su olor, la forma de tocarme me resultó familiar como si ya me hubiera besado antes.

—Eres preciosa Sophia, hermosa... mi primo es tan afortunado.

Me aparté asustada.

—Déjame, no... no me toques.

Él sostuvo mi mirada.

—Perdóname no quise asustarte. Es que me tenté... aguarda, pediré tu postre de chocolate.

De pronto recordé los consejos de mi madre: huye de ese hombre, no te quedes en su departamento, Andrew se disgustará... creo que no te ve como su parienta, te mira con otros ojos."

Tenía razón, debí irme pero no lo hice. Tuve miedo por mi bebé y también por el futuro pues no sabía si Andrew viviría.

Encendí la tele plana inmensa de la sala y me senté. Necesitaba distraerme un poco mientras esperaba mi postre.

—Ten, toma esto. La señora Ellen dejó una bandeja con viandas para ti. Comida balanceada muy sana. ¿Cuál prefieres?

No tenía ganas de comer algo sano y se lo dije.

—Bueno, mientras esperas tu postre.

—No quiero comer, no tengo hambre, tengo sed... ¿Tal vez algún jugo de frutas?

Evan me sirvió una bandeja.

—Come Sophie, tienes que alimentarte aunque no tengas hambre. Y en cuanto a lo otro quiero decirte que mi primo está todo entubado y no es un cuadro agradable para una embarazada que está saliendo recién de una etapa de riesgo. Vas a impresionarte. Tú no tienes mundo, pareces recién salida de tu baile de graduación.

Lo miré torva.

—En cambio tú sí tienes mundo ¿verdad? Has viajado, tienes mucho dinero y también has tenido muchas mujeres ¿no es así?

Mis palabras no le molestaron, al contrario, sonrió tentado.

—Es verdad... vaya, empiezas a conocerme.

—Y sin embargo a pesar de tener mujeres ibas a buscar a las novias de tu primo.

Evan fue por un jugo de frutas y me sirvió un vaso.

—Porque Andrew siempre conseguía chicas tiernas para compartir. Él las embriagaba, las convencía de probar algo nuevo y allí entraba yo. Es muy hábil y muy seductor. Hacía que hasta las más pacatas aceptaran nuestros juegos. Así fue durante mucho tiempo hasta que llegaste tú y él no quiso compartirte preciosa. Dijo que me mataría si me acercaba y en boca de Andrew una amenaza como esa debe ser tomada como algo literal.

—Eres un malvado y nunca, nunca me habría fijado en ti sólo por eso. Porque eres frío y no entiendo por qué de repente te tomas estas molestias.

—Bueno ¿será que no soy tan malvado? ¿O que me gusta cuidar a los bebés de mi primo? ¿Qué piensas tú al respecto?

—No lo sé ni quiero averiguarlo, mañana iré a casa de mis padres. Lo haré. No me quedaré un solo día aquí.

—Vamos, no seas niña graduada de la escuela. Compórtate como adulta. Estás esperando un bebé de mi primo y yo le prometí que cuidaría de ti si algo le pasaba. Y eso es lo que haré. Cumplir con mi deber para con mis tíos y mi primo. Ahora come la ensalada que el bebé te necesita sana y también tranquila. No podrás estar bien en Boston con una madre tan pesada y controladora. Te estresará y lo sabes, pero yo soy un fantasma si quiero, desaparezco y no me ves por horas. No puedes acusarme de estar pendiente de ti todo el tiempo. Estoy cuidando tu salud y la de tu bebé que es lo que necesitas ahora.

No le creí entonces, sabía que escondía algo y temía que... intentara seducirme. Meterse en mi cama, atraparme y luego... era un hombre con experiencia y esa noche, luego de la cena sentí su mirada. No era una mirada de primos, ni de amigos. Sus ojos se detuvieron en mi vestido nuevo, el que me había llevado mi madre ese día porque necesitaba ropa más holgada para cuando creciera más mi panza.

Era una solera color rosa pálido con flores blancas, el rosa claro siempre me había sentado pero ahora me quedaba más justo y noté que se marcaba el pecho y mis piernas. No pude hacer nada pues ya lo tenía puesto sin embargo al verme en el espejo pensé que me veía como una conejita de playboy.

—Estás preciosa, Sophia... pero deja de caminar por todas partes, quédate quieta o tendrás que volver a la cama—dijo de pronto.

Lo miré con fijeza.

— ¿Y por qué te preocupas tanto? No es por el bebé, no te importa nada el hijo de tu primo.

—No digas eso. ¿Me crees tan insensible? Claro que me preocupo.

—Por qué tengo la sensación de que me estás ocultando algo Evan?

—Bueno, deja de maquinarte cosas y acepta mi ayuda. No tengo otras intenciones que ayudarte, preciosa

—Deja de llamarme así. No soy tu preciosa.

—Ah ¿no? ¿Y si mi primo muere lindura? En realidad no hay muchas esperanzas de que sobreviva. Mi primo está muy grave porque el tumor era más grande de lo que pensaban y perdió mucha sangre en la operación. Sí, tal vez no vuelvas a verlo con vida. Estarás sola y con un embarazo de riesgo. Creo que sí vas a necesitar un hombre que cuide de ti.

—Pues no me quedaré aquí, no lo haré.

—Siéntate, no te alteres sí, le hace mal al bebé. No actúes como adolescente conflictiva, eres una mujer y vas a tener un hijo. ¿Qué harás luego? Necesitarás de mí, dulce, necesitarás un marido cuando el tuyo se haya ido al cielo. Así que compórtate y no hagas ni pienses locuras.

—Andrew no morirá, ¿por qué estás seguro de eso? ¿Por qué me dices esas cosas tan horribles?

—Sólo estoy siendo realista. Es una posibilidad y debes estar preparada para eso.

—Pues espero que Andrew viva, estoy esperando un hijo suyo y merece vivir. Es tu primo, y no parece afectarte que muera.

—¿Así? ¿Y dime por qué diablos estoy cuidando a su esposa? Lo hago por Andrew, por mi familia. Ahora vete a dormir, descansa y mañana seguirás quietecita en la cama o en comedor, no más lejos que eso.

Estaba harta de tener que obedecerle, de soportarle, no era tan tonta de creer que lo hacía por su primo. Mentía. Ocultaba una parte sórdida de la historia, Andrew había dicho algo en la fiesta de bodas. Dijo que él no iba a compartirme como si su primo esperara que él la cediera como una chica más.

No sabía qué tramaba pero sospechaba que no sería bueno para mí.

Debía volver con mis padres, tendría el bebé en Boston y luego viajaría para ver a Andrew...

MI MADRE ME LLAMÓ DÍAS después para saber cómo estaba todo y si sabía algo de Andrew.

Tuve que decirle la verdad, el panorama era desolador. Necesitó dos trasfusiones de sangre y estaba débil, además sufrió un paro cardíaco y todos esperaban lo peor.

—Sophia... debes regresar a casa, no te quedes con ese hombre. ¿Acaso has visto a Andrew?

—No...no me dejan verlo. Es por el bebé y yo he tenido una recaída y estoy acostada todo el día.

—¿Y no deberían internarte?

—No lo sé mamá, el doctor vino a verme y dijo que debo hacer quietud. Sabes cuánto odio estar encerrada y todo esto... me afecta mucho.

—Escucha Sophia, no puedes quedarte con ese hombre, sabes lo que pienso de él. Iré a buscarte ahora y te traeré a casa.

Dudé, no quise viajar ahora el médico dijo que debía moverme lo mínimo.

—Mamá no lo hagas, no quiero ir a Boston, quiero estar aquí cerca de la clínica, tengo miedo por el bebé. No quiero perderlo. Es todo lo que me queda ahora... si algo le pasa por mi culpa no me lo perdonaré. Evan está cuidándome pero no pasa nada entre nosotros, no hay nada, ¿entiendes? Ni yo lo permitiría.

—¿Y esperas que crea eso? ¿Están viviendo hace ya cuántos días? Más de un mes... es demasiado.

—Mamá ¿acaso piensas que podría hacerle eso a Andrew? ¿Me crees capaz?

—Sophia ese hombre no te conviene, ¿qué quieres que te diga? Y no dejes que te domine como si fuera tu marido y ni si lo fuera tendría derecho a dirigir tu vida.

—Mamá debo quedarme aquí hasta que pase el riesgo, luego iré a Boston y me quedaré en tu casa, lo prometo.

—Sophia, despierta. Eso no es legal, no puede retenerte contra tu voluntad.

—Exageras, nadie me tiene aquí raptada ni encerrada, pero es que tengo mucho miedo mamá, Andrew va a morir y yo... no sé qué haré con mi vida.

—Sophia, cálmate ¿sí? Por favor. No es el fin del mundo, el cáncer es una enfermedad muy cruel pero debes reponerte y pensar en el bebé que llevas en tu vientre. Y lo que tienes que hacer antes que nada es acudir a quiénes realmente te amamos: tu familia. Porque tienes una familia, no eres huérfana. Nosotros te ayudaremos a criar a tu bebé, sabes que tu padre está preocupado por ti y quiere verte, no has venido desde tu boda. No te lo reprocho es verdad, sé que estás pasando un momento difícil pero debes reponerte. Millones de mujeres crían a sus hijos sin padre y tú no estarás sola, me tendrás a mí que sé mucho de bebés, te crié a ti y a tus hermanos, aunque ahora se hayan largado a otro condado, los crié a los tres por igual y puedo asegurarte que nada malo pasará. Lo malo que puede pasar es que te enredes con ese hombre Evan. No me gusta nada ese sujeto. Lo veo tan cínico, tan villano... Y sospecho que ese cuida de ti porque está esperando que su primo estire la pata y luego... Lo hace porque te quiere a ti Sophia. Te desea. No te engañes. He visto cómo te miraba.

—Para ya, no quiero oírte ¿sí?

Sentí que la cabeza me iba a estallar.

Andrew estaba al borde de la muerte.

Mi vientre provocaba contracciones y eso no estaba bien y ahora tenía que estar acostada y no podía moverme. Si corría perdería a mi hijo, si hacía algo...

Estaba angustiada y no podía quebrarme, debía intentar distraerme para no pensar tanto... pero día tras día esperaba que ocurriera lo peor.

Y en medio de mi angustia sólo podía conversar con Evan y aguardar impaciente su llegada pues en ocasiones pasaba el día entero fuera en su trabajo o se iba al hospital a ver a Andrew.

Esa noche cuando llegó supe que algo malo había pasado. Lo vi entrar demacrado y dejar la chaqueta tirada en la cama.

Temblé cuando me miró porque lo vi tan serio que pensé que Andrew...

Sus ojos me miraron y de pronto tomó mi mano y dijo:

—Lo siento mucho preciosa pero Andrew acaba de fallecer esta mañana y... no pudieron reanimarlo. Sufrió un paro cardíaco y... lo lamento. Debes ser fuerte Sophia...

¿Fuerte?

Sentí que me desplomaba, que todo se esfumaba a mí alrededor y en medio de mi dolor le dije: —Tú no dejaste que lo viera, él debía saber que iba a tener un hijo.

Evan no se defendió, simplemente se acercó y me abrazó, dejó que llorara y luego me dijo con mucha frialdad que si no me calmaba perdería al bebé.

—Pero tengo que ver a Andrew...

—Luego te avisaré, ahora vuelve a la cama. Estás muy nerviosa y esto te afectará... cálmate. Ya no hay nada que hacer, se hizo todo por él, todo... Era un riesgo, la operación, todo era un riesgo y nadie esperaba esto a lo último pero sufrió un paro cardiorrespiratorio y no pudieron hacer nada.

Los días que siguieron, el funeral y la mirada de mis suegros al saber que esperaba un hijo todo fue tan extraño porque no parecieron alegrarse como si la tragedia hiciera que no tuvieran consuelo.

Frialdad e indiferencia, dijeron que un abogado me visitaría luego para arreglar el asunto del contrato.

Al ver que mi suegro decía eso me sentí fatal.

¿Cuál contrato? ¿Se refería al nupcial?

Evan intervino diciendo que no era oportuno hablar de negocios en esos momentos.

—Ven Sophia, siéntate. No puedes estar parada.

Mi madre lo miró con rabia pero Evan fue un gran apoyo en esos momentos, como un amigo y también me defendió de la familia Kensington que me miraban como si fuera su enemiga.

Y en ningún momento mencionaron al bebé y estaba segura de que se me notaba, mi panza había crecido las últimas semanas y era imposible no verla.

—Ignórales, ¿sí? Están mal por la muerte de Andrew, realmente esperaban que la operación fuera un éxito. Debió serlo pero no lo resistió. No pienses en Andrew sino en el bebé y no permitas que te afecte.

—Pero no hablan del bebé, como si no existiera y nunca... no entiendo por qué se mostraron tan fríos conmigo. ¿Acaso no saben que estoy a quietud por el bebé?

—Sophia ven... creo que debemos regresar. Dile a tu madre que la llamarás luego ¿sí?

Algo en su voz me hizo temer que algo muy malo pasaba pero entonces creí que lo imaginaba. Estaba deprimida y lo veía todo negro en esos momentos.

Lo más lógico habría sido que regresara con mis padres a Boston no que me fuera con Evan como si fuera algo mío.

Sólo cuando entré en su departamento caí en la cuenta de eso.

Los muebles y todo me resultaba casi familiar pero no era correcto, no podía quedarme allí más tiempo.

Evan fue por un jugo de frutas y me rogó que me sentara.

—Gracias pero... debo viajar a Boston ahora, el doctor dijo que podía la última vez que lo vi.

—Aguarda, no te vayas. Necesito que te quedes Sophia.

Algo en su voz me hizo sospechar que tenía una razón poderosa.

—Evan, no sé lo que tramas pero... acabo de perder a mi esposo y te ruego que no creas que...

Él me miró con atención.

—¿Y qué quieres que crea, preciosa? ¿Crees que te pido esto por razones románticas?

Me sonrojé incómoda.

—Por favor, no hay nada romántico en ti Evan. Perdona mi sinceridad. Agradezco tu ayuda estas semanas pero... me quedé para estar cerca de Andrew y por la quietud...

Él se bebió media cerveza y se aflojó la corbata. Durante el entierro lo vi mal pero fue solo un momento, luego...

—No es nada fácil lo que tengo que decirte Sophia pero necesito que te quedes un poco más.

—¿Qué me quede? Ya puedo irme. El médico dijo vida normal, parece que quieres verme enferma o que temes... ¿qué es lo que está pasando ahora Evan? ¿Qué traman esos Kensington?

—Sospechan de ese bebé preciosa, temen que no sea de Andrew porque averiguaron que un hombre con cáncer no puede engendrar un hijo. No era sólo un tumor en el cráneo, la negligencia de Andrew, el querer negar la enfermedad sólo hizo que se extendiera y cuando le hicieron la última tomografía vieron que estaba en sus pulmones y en otros órganos.

Saber eso me impresionó pero lo primero fue tremendo.

—Vaya, ¿creen que me quedé embarazada para poder reclamar su herencia o algo así?

Evan asintió lentamente.

—No lo sé... pero la noticia los ha sorprendido mucho y ahora sólo quieren que firmes algún acuerdo y recibas tu legado.

—¿Legado?

—El que te dejó Andrew, preciosa.

Me dejé caer en el sillón.

—Esto es una locura ¿sabes? Todo esto. Pensé que había esperanza, que Andrew se salvaría y ni siquiera supo que esperaba un bebé, no pude decirle y tú... tú siempre me alejabas de él, por qué lo hacías?

—Para cuidarte, debo cuidar de ti ahora Sophia... cometí muchos errores, fui un villano ¿sabes? Pero eso cambiará. La vida es efímera preciosa y lo que le pasó a mi primo ocurre a diario. Pero tú tienes una vida, un bebé para luchar y sé que él podrá sanar todas las heridas. Piensa en eso y no permitas que nada intente lastimarte.

Me pregunté por qué decía eso, ¿de qué quería prevenirme? En ocasiones era tan misterioso. Aunque tal vez tuviera razón. Si la familia de Andrew pensaba que era una zorra que lo había engañado con un bebé de otro, pues no quería saber nada de ellos.

Pero mi futuro era incierto pues comprendí que la muerte de Andrew y ese bebé me habían robado por completo la independencia, tendría que regresar a Boston y esperar a que creciera mi hijo para poder buscar trabajo de nuevo.

Todo era muy incierto pero al menos tenía a mis padres, ellos me ayudarían.

Evan no se equivocó pues un abogado comenzó a llamarme para hacerme entrega del legado que me había dejado Andrew.

—Aguarde... no puedo recibir ese dinero. No creo que...

—Pero usted está esperando un hijo de su esposo fallecido señora. Creo que debemos tratar este asunto personalmente.

Pues no quería hacerlo.

Quería quedarme en el departamento de Evan y hacerme los nuevos exámenes. Mi bebé crecía día a día y nacería en menos de tres meses. Debía estar preparada y relajada. Especialmente alejada de los abogados de la familia Kensington. Realmente no me agradaba que pusieran en duda la paternidad de Andrew.

La luz de sus ojos

UNA SEMANA DESPUÉS y luego de hacerme los controles de rutina le dije a Evan que debía regresar a Boston, que no podía seguir quedándome en su departamento.

El me miró con fijeza y se me acercó.

—No te vayas... Sophia. Por favor, quédate.

—Estoy bien, ya no debo hacer quietud y debo regresar a mi vida Evan, esto no es real para mí. Además tengo que olvidar a Andrew y también...

Él se detuvo frente a mí y de pronto, sin que me diera cuenta estaba entre sus brazos sintiendo ese beso salvaje y apasionado que me recordaba que hacía meses que no hacía el amor con un hombre. Días, semanas viviendo con Evan, sintiendo esa atracción y sofocándola porque era el primo de Andrew, porque no podía acostarme con él por mi embarazo y ahora, como si nada se interpusiera estaba allí en su habitación medio desnuda sintiendo sus besos ardientes recorrer mi cuerpo hasta convertirlo en un volcán.

—Aguarda, no... no podemos hacer esto...

Él sonrió y se deshizo de mi braga en un santiamén observando mi pubis rasurado con deseo.

—Podemos preciosa, tú lo deseas tanto como yo... no pienses en nada, sólo siénteme...

Casi grité cuando su boca atrapó mi pubis y comenzó a succionar de mí con la desesperación de un loco diciendo que nunca antes había saboreado tanta dulzura. Sentí que enloquecía y mis manos arañaban las sábanas pidiendo más, mucho más... a él, apenas pude esperar para librarlo del pantalón y su ropa interior y acoger en mi boca esa inmensidad gruesa y viril. Debía liberar su placer como él devoraba el mío, quería hacerlo, necesitaba provocarle hasta que se rindiera y llenara mi boca con su placer, ansiaba saber cómo sabía pues unas gotas mojaron mi lengua y me deleitaron.

Me aparté de sus labios de fuego para cumplir mi cometido. Si íbamos a hacer una diablura pues que fuera una diablura con todas las letras.

Lo quería todo pero él me detuvo, no por timidez sino porque quería otra cosa.

—Primero quiero coger preciosa... hace meses que quiero hacerlo contigo—dijo en un gruñido mientras liberaba su miembro de mi boca.

—Ven aquí, esto no será muy sencillo preciosa... creo que estaré tan apretado al comienzo que acabaré rápido, ruego que eso no pase.

Caí hacia atrás algo mareada por la excitación, tan húmeda que él se tentó y volvió a llenarme de besos mientras introducía dos dedos para acariciarme y abrirme.

De pronto sonrió y me dijo al oído que estaba muy cerrada y que iba a dolerme.

—Estás cerrada como un virgen preciosa... tal vez te duela y todo.

Pensé que bromeaba no podía hablar en serio, sin embargo cuando introdujo esa inmensidad supe que no bromeaba. Estaba en mí y era inmensa, tanto que me dolió como si fuera la primera vez, fue tan extraño...

Él me abrazó y besó.

—Tranquila preciosa, relájate, ya pasará... sólo un poco más...

De pronto sentí que eso me había pasado antes, cuando hice el amor por primera vez y Edward no se detuvo a pesar de mis quejas y luego Andrew en la luna de miel... no sé qué pasó las últimas veces que lo hicimos pero me dolía.

Pensé que estaba padeciendo de vaginismo pero en esos momentos me pasó lo mismo.

—Tranquila, relájate... luego será mejor, ya verás...—me dijo al oído.

Estaba atrapada y esa sensación de ser su prisionera me gustó.

—Hace meses que me muero por probar tu tesoro... te deseaba tanto Sophia, eres tan dulce, tan mujer...

—Querías que Andrew me compartiera contigo...—parecía una acusación. Lo era.

—Sí... nunca había deseado tanto a una mujer como a ti Sophia, estoy loco por ti preciosa, tan loco que pensé en amarrarte a la cama y hacerte mía por la fuerza. Lo habría hecho, lo hice tesoro... ahora eres mía y no te irás.

Su miembro inmenso volvía a estar erguido y listo para el segundo round. Me excitaba sentir su vigor, su fuerza, era magnífico, lo llené de caricias y dejé que me tomara de nuevo, una y otra vez sintiendo que la piel de mi vagina se estiraba hasta reventar para engullir y abrazar esa inmensidad.

—Cómo pudiste pedirle eso a tu primo, él me quería... ¿cómo podías creer que sería placentero...?

—Era para que no me rechazaras, si él abría el camino luego sería más fácil para mí pero eso ya pasó. Ahora eres sólo mía como siempre quise.

—¿Tuya? Yo no soy tu propiedad Evan Holmes. Todavía no sé por qué... no sé lo que está pasándome.

—Oh, hace mucho que eres mía preciosa, mucho antes de lo que crees... y me necesitas, admítelo. Yo seré tu hombre cielo...

Sus palabras me confundieron.

—Pero tú eres un solterón consumado y no puedo creer que lleves meses sin estar con una chica.

—Llevo meses esperando por ti, eso quise decir. Y me necesitas, no lo niegues.

Tenía razón, lo necesitaba, me angustiaba el futuro.

—Quieres que...

—Ahora quiero hacerte el amor preciosa, ven aquí... quédate conmigo.

¿Qué me quedara con él?

Me dejé llevar por su lujuria.

Estuvimos una semana entera encerrados en su departamento haciendo el amor, en esos días fui su mujer en todo sentido, nada le negué ni él tampoco. Descubrí qué era lo que le gustaba y lo dejé que se quedara allí tendido llenándome de caricias, deleitándose con mi respuesta arrancándome gemidos de placer.

Estaba más que satisfecha, sentía que nunca, nunca había tenido un hombre tan ardiente y tan insaciable en la cama, frente a él todos habían sido simplemente normales. Sensuales sí pero nada del otro mundo.

Evan era pura hormona, pura masculinidad, era un toro y no se sentía satisfecho hasta que vaciaba su última gota de semen en mi cuerpo. Sólo entonces se relajaba y me abrazaba para que me durmiera en sus brazos.

Pero la vida continuaba.

La vida además de esa cama llena de fuego era algo muy distinto y debía afrontarlo.

Él me había pedido que me quedara, dijo que me ayudaría a criar al bebé. Que sería casi un marido pero yo no estaba segura de eso.

Tuve la sospecha de que sólo quería cumplir sus fantasías largo tiempo reprimidas y que nuestra relación fuera de la cama no funcionaría.

Mi panza empezaba a notarse, cursaba el sexto mes de embarazo y comenzaba a pesarme, a tener más sueño que antes y también crecían mis temores con respecto al futuro. ¿Realmente quería que me quedara luego de que naciera mi hijo?

Mientras pensaba eso prolongaba mi regreso a Boston. Le había prometido a mi madre que iría la semana entrante pero esa semana entrante nunca llegaba.

Evan siempre me convencía de quedarme.

Días después desperté con el sonido del teléfono.

Era John, el padre de Andrew y su llamada me sorprendió.

—Sophia, necesito hablar contigo.

—¿Pasó algo?

—Es que no entiendo qué tienes, por qué nunca respondes los mensajes y tampoco has querido hablar con el doctor Simmons. Es necesario que... Estás esperando un hijo de Andrew y no queremos perder contacto contigo y con el niño, eso es todo. Es nuestro nieto y todo lo que nos queda de él ahora. ¿Cómo va tu embarazo?

Vaya, qué sorpresa, ahora sí creían que era hijo de Andrew.

—Gracias señor Kesington, estoy bien... y el bebé también.

Querían que fuera a visitarlos y llevara las ecografías. ¿Qué nombre le pondría al bebé? Todavía no había escogido uno.

Dije que iría a verlos en cuanto tuviera un rato libre... Evan me robaba toda la energía.

Cuando corté la llamada él me miraba con expresión alerta.

—¿Quién era? ¿Tu mami de nuevo? Qué pesada que es... por suerte la mía está siempre de viaje con un hombre distinto y nunca la veo.

Evan no tenía hermanos, sólo esos primos segundos y su padre había muerto de cáncer hacía dos años. Su vida era algo solitaria y no hablaba mucho de su pasado.

—No era mi madre sino John Kensington. Quiere saber del bebé. Al parecer han cambiado de opinión.

—¿De veras? Vaya... en buena hora se acuerdan de ti y del bebé.

Parecía molesto o celoso.

—No pensarás irte a Long Island ¿verdad?

—No... Evan, creo que es mejor que regrese a Boston. Tendré un bebé en menos de tres meses y luego será más difícil trasladarme, moverme... tengo que comprar su cuna, la ropa. No tengo nada y si nace antes de tiempo...

—Déjalo en mis manos preciosa… yo compraré todo para el bebé, para ti pero no te vayas por favor, quédate conmigo… sé cuánto te gusta el sexo y haremos el amor todos los días…

Me sentí tentada de aceptar, sus besos atraparon mis labios y se deslizaron por mis pechos que se habían vuelto voluminosos por el embarazo. Sí, deseaba tanto quedarme y hacer el amor y no pensar en nada…

Me gustaba tanto hacerlo con él… dar y recibir placer, recibir un torrente y sentirme viva de nuevo.

Él no me pedía promesas ni tampoco me juraba amor eterno. Yo le gustaba y me deseaba como un loco y era mutuo. ¿Qué podía salir mal?

Dejé que me quitara la poca ropa que llevaba y me convenciera de hacerlo antes de que tuviera que irse a trabajar.

Y mientras me tendía en la cama y caía sobre mí me susurró que me quedara.

—Quédate, lo pasamos tan bien juntos. La vida es efímera preciosa, lo es… debemos disfrutar cada momento porque mañana puede ser demasiado tarde.

Nunca podía resistirme ni tampoco poner fin a esa relación clandestina y apasionada. Me encantaba estar con él tal vez porque mi futuro era incierto y me causaba mucha angustia y el sexo aliviaba ese vacío e incertidumbre que me embargaba.

Pero cuando caímos rendidos en la cama le dije la verdad.

—Tú no tienes idea de lo que quieres Evan ni te imaginas a un bebé que llora y pida a gritos ser atendido. Cuando mi hijo nazca me necesitará a su lado todo el tiempo y tú no podrás tocarme. Creo que ni siquiera lo has pensado.

Él sostuvo mi mirada y me besó de forma fugaz.

—Sí lo he pensado y quiero que te quedes. Tengo treinta y dos años, preciosa, no soy un niño. No cambiaré de parecer luego de que nazca, al contrario, estoy deseando ver su carita… habría deseado que fuera una niña como tú pero tal vez en el futuro pueda hacerle una hermanita al bebé que viene en camino. ¿Qué dices?

—Pero es que no te imagino cuidando a un bebé ni tampoco haciendo hijos.

Él sostuvo mi mirada y sonrió de forma extraña.

—Piensas que mi primo sí merecía tener una familia ¿y yo no?

—No quise decir eso Evan, pensé que tú no querías compromisos ni establecerte.

—Es verdad, eso pensaba antes... pero siempre aparecer una chica que te da una sorpresa y te hace cambiar de idea. Y deja de decir que hago esto porque me siento comprometido porque no es verdad. Vamos, hace meses que cuido de ti sin haber recibido siquiera un beso en agradecimiento. ¿Por qué crees que lo hacía, preciosa? Pues porque desde que te vi en ese Banco con mi primo quise tenerte para mí pero él se me adelantó y me robó a la chica que debía ser mía. Ahora todo ha cambiado, ahora te tengo donde siempre quise que estuvieras. En mi cama, adicta a mí... tú me necesitas preciosa, necesitas que cuide de ti y del bebé. Tal vez con el tiempo logre que me ames, que abras tu corazón como jamás lo abriste con Andrew. Tú nunca lo amaste.

Sus palabras sinceras fueron crueles.

—Me asustas Evan, hablas como si odiaras a Andrew y tú... quisieras estar conmigo para desquitarte por lo que él te hizo.

—No es así, yo te convencí de que te casaras con él y lo hicieras feliz sus últimos días de vida. De haber sido malvado te habría dicho la verdad, que sólo querían usarte para tener un bebé de Andrew. Eso es todo. Tú no le interesas como personas, eras sólo un objeto para conseguir un fin.

—Eso no puedo entenderlo, si querías dormir conmigo, si tanto te gustaba ¿por qué dejaste que me casara con Andrew?

Él sonrió.

—Quería tenerte cerca, muy cerca...

—Porque pensabas que él me compartiría, que cedería a tu chantaje. Él dijo que tú... tú lo ayudaste a convencerme con la promesa de que lo haría contigo. ¿Realmente esperabas que él hiciera eso?

—No importa por qué lo hice, ayudé a mi primo a cumplir su sueño, fue feliz contigo sus últimos días de vida. No me siento culpable de esto. Al final lo que más deseaba se hizo realidad... dicen que a veces cuando deseas algo con mucha intensidad se hace realidad. Y tú eres mucho más dulce de lo que te imaginaba, sólo deja de preocuparte y de pensar tanto. No hagas planes, lo que quiero que entiendas es que cuidaré de ti y del bebé mientras quieras quedarte conmigo. No voy a atarte ni a obligarte a que te quedes. Eso no funcionaría, no sería algo espontáneo como lo es ahora. Ahora descansa preciosa, te ves algo cansada hoy...

Sin compromisos, sin hacer planes pero sentí que las cosas habían cambiado de forma sutil luego de caer en la tentación y convertirme en su mujer. Porque así me llamaba él, no era su novia ni tampoco su chica o su amante.

Una nueva vida, contigo

CREO QUE LO QUE ME atrajo de Evan fue su frialdad, su carácter y también su virilidad... Él me dominaba. Me dominaba porque era muy hábil y porque lo necesitaba. Creo que era mi culpa.

Y cuando nació el pequeño Raymond él estuvo a mi lado, en todo momento me acompañó y sintió al niño como si fuera suyo. Su llegada me hizo tan feliz porque era sano y tan hermoso, quería comer todo el día y el resto dormía, no lloraba porque la nurse dijo que estaba satisfecho.

Observaba a mi hijo con orgullo y pensaba en Andrew preguntándome si estaría cerca como un fantasma y si acaso pensaría que era una ramera por estar con su primo.

Sin embargo debo confesar que al ver a Raymond no recordaba al hombre que me lo había engendrado, su recuerdo fue borrado mucho antes por Evan. Evan era mi presente, mi compañero y estuvo a mi lado y hasta se tomó vacaciones del trabajo las primeras semanas para ayudarme.

Viajar a Londres un mes antes de nacer mi bebé fue una decisión que tomé sin pensar, él planeaba establecerse en ese país un tiempo por un proyecto largo tiempo postergado y acepté acompañarle.

A mis padres no le agradó nada la idea, no soportaban a Evan de ninguna forma y menos al enterarse de sus planes de vivir en Londres.

Pero no vivimos en el centro sin en una cómoda finca georgiana de las afueras en un pueblo muy pintoresco y muy inglés ubicado en el condado de Hertfordshire a cierta distancia de Londres pero fue lo más cercano que encontramos.

Era un lugar muy bello para criar a Raymond. Lleno de naturaleza, de paisajes de ensueño. Además la casa era antigua pero muy cálida y hermosa.

Y muy cómoda en mi estado porque además tenía varias empleadas a mi disposición y una niñera para cuidar al pequeño Raymond.

Su llegada nos unió más que antes porque comprendí que realmente se estaba encariñando con el bebé y quería formar una familia.

Y un mes después del nacimiento me pidió que fuera su esposa. Cuando tuvo el permiso del médico para hacerme el amor y luego de hacerlo durante horas, exhausto y feliz me pidió matrimonio.

Su pedido llegó en el momento justo porque lo había visto cantándole al bebé y cambiándole pañales varias veces y su mirada era de ternura. Una ternura que yo desconocía. De cierta forma sentía que el bebé era su hijo y hasta lo había anotado con su apellido al nacer para que no le faltara el nombre de su padre en el acta.

Era más que una aventura y si sólo era sexo, pues bendito fuera el sexo que nos había unido y también enamorado.

—Te amo preciosa, te amo a ti y a nuestro hijo tanto que jamás estaré lejos de ti y si aceptas ser mi esposa quiero que sepas que será para siempre, que nunca querré a otra mujer en mi cama ni en mi vida porque tengo todo en ti Sophia. Todo... Y te amo tanto que no me importa esperar a que un día tu corazón se abra a mí... sé que te han lastimado antes pero yo nunca te lastimaría mi amor, nunca...

Sus palabras me emocionaron, no pude evitarlo, lloré.

—Evan, yo te amo... te amo y no podría vivir sin ti y... por supuesto que quiero ser tu esposa y llenar esta casa de niños. Ser tu mujer y vivir para ti, para nuestra familia.

Mis palabras lo emocionaron, era todo cuanto anhelaba su corazón saber que lo amaba y que aceptaba esa boda porque sabía que no tendría un mejor esposo. Lo quería sí, a mi manera por supuesto, no como había amado a Edward, eso había sido una niñada, amaba con los ojos abiertos, conociendo sus virtudes y defectos, siendo amorosa y cariñosa y brindándome por entero.

Y con Raymond que acababa de cumplir tres meses nos casamos en Saint Paul en una ceremonia íntima a la que asistieron sus amigos, socios y gente del trabajo y también su madre que llegó como una diva estilo Hollywood.

Glamorosa y muy maquillada, Elaine Holmes me miró y le dijo a su hijo que era preciosa y no tenía ninguna cirugía. ¡Vaya comentario!

Luego quiso conocer a Raymond y tenerlo en brazos.

—Pero es igual a ti Evan... es idéntico. Buscaré una fotografía y te la enviaré querida para que lo veas. Es tu viva imagen...

Mentía por supuesto.

Raymond era muy pequeñito para parecerse a alguien.

En todo caso se parecía a Andrew aunque su cabello era oscuro y sus ojos muy azules como los de Evan pero al ser primos... pensé que era natural.

Evan se rió por los comentarios de su madre y yo pensé que era todo un personaje.

—Querido ven a verme a Paris con tu preciosa esposa, acabo de comprar un magnífico Chateau cerca de Versalles. Es magnífico.

Me envió fotografías del castillo poco después y pensé que era un sitio precioso.

—Mira Evan... tu madre me envió fotografías del castillo.

Él estaba con Raymond en brazos, acababa de alimentarse y le costaba dormirse.

—Mi madre está loca, ¿qué hará en ese castillo? Supongo que lo convertirá en hotel para agasajar a sus amigos—respondió él.

Me puse seria mientras me abotonaba el sostén maternal y él seguía mis movimientos con una sonrisa pícara.

—Aguarda... tienes otro bebé que alimentar preciosa.

Raymond estaba dormido y Evan lo dejó en la cuna para regresar a mi lado y desprenderme el sostén de forma deliberada.

—Ahora es mi turno precioso, sabes cuánto me gusta alimentarme de ti...

Mis senos estaban llenos de leche porque el bebé pasaba prendido muchas veces al día y no paraba hasta saciarse, pero ahora había llegado nuestro momento de intimidad antes de que despertara con dolor de panza.

Y allí estaba prendido de mí, volviéndome loca de amor y deseo. Rodamos por la cama y mientras me besaba entró en mí con la urgencia de un loco.

RAYMOND ACABABA DE cumplir dos años cuando supe que esperaba una niña para dentro de cuatro meses. Me sentí tan feliz cuando noté el retraso y tuve la certeza poco después de que tendríamos un bebé.

Mi vida había cambiado y finalmente había cumplido mi sueño de enamorarme y formar una familia. Nada era más importante para mí que Raymond, Evan y esa niña que venía en camino.

Nuestra relación se había fortalecido y nos entendíamos tan bien que mi única pena era cuando mi esposo tenía que regresar a Londres los lunes, la sensación de vacío y pena me duraba horas aunque en ocasiones podía tomarse libre una semana o más y entonces celebrábamos esa nueva luna de miel haciendo el amor.

Pero no vivíamos aislados, solíamos viajar en verano o recibir a nuestras nuevas amistades del condado aunque estar solos a veces con nuestro hijo era todo cuanto anhelábamos.

Mis padres nos visitaron luego de que Raymond cumplió dos meses, una visita relámpago y nos mantuvimos en contacto a pesar de haber cierta tirantez entre mi madre y Evan. Sabía que no se soportaban y no lo disimulaban, pero en realidad nos veíamos poco para que eso generara conflicto. Imaginaba que mi madre necesitaba tiempo.

Lo raro era que la familia de Andrew no quisiera ver a Raymond ni tampoco preguntara por él. Ese asunto me enfadaba bastante y no me afectaba porque sabía que para Evan el niño sería suyo a pesar de que tuviera otra sangre y nosotros estábamos muy unidos y velaríamos por él.

Dejé de preocuparme y también de pensar en Andrew.

No quería mirar atrás, tal vez me daba miedo hacerlo.

Tal vez temía que si hurgaba en el pasado mi mundo perfecto se haría añicos.

En ocasiones me enfadaba con Evan por sus celos, se le había puesto en la cabeza que el esposo de una vecina muy parlanchina llamada Adele me miraba con otros ojos y buscaba cualquier excusa para aparecerse.

Eran tonterías. Nada importante.

Me encantaba la vida en Annehills, todo era tan sano y tranquilo. No había estrés y los días transcurrían apacibles.

Un llamado al teléfono me avisó de la llegada de mi madre desde la puerta principal. La casona residencial georgiana se había modernizado bastante: teníamos un sofisticado sistema de alarmas, y teléfonos en todas partes para comunicarnos con los sirvientes.

Corrí a ver a mi madre y nos abrazamos.

—Te felicito Sophia, es una niña... aunque temo que el pobre Raymond necesitaba un hermanito varón para jugar a la pelota. Tú estás feliz ¿verdad? Ese hombre te atrapó.

Mi madre solía hacer esos comentarios pero no me molestaban.

—Y Raymond está tan parecido a él...

Raymond llegó poco después de la mano de su niñera muy sonriente.

—¿Lo encuentras parecido a Andrew, mamá?—pregunté vacilante.

Nunca hablábamos del pasado pero en ocasiones ella lo traía al presente como en esos momentos.

—No... no se parece en nada a su padre Sophia... sino a Evan. Es idéntico a tu marido.

Cuando dijo eso pensé que bromeaba pero mi madre no habría hecho bromas con esas cosas.

—Es verdad, se parece pero... es de Andrew. Supongo que es porque son primos mamá, ya sabes...

—¿Qué importa eso, cariño? Evan cuida de ti y es un buen marido, yo no te juzgo tampoco.

—¿De qué hablas, mamá?

—Nada... no dije nada. Olvídalo.

Mamá se fue con Raymond para mostrarle los juguetes que le había comprado en Boston, había llevado una caja conteniendo autos, muñecos de acción... Mi hijo agarró los autos porque le encantaban y yo sonreí al verle tan saludable y regordete. Sus ojos azules eran tan hermosos y a veces me recordaban mucho a Evan. Lo extraño era que Andrew y Evan no se parecían en ningún sentido a pesar de ser familiares cercanos.

Al día siguiente recibí una carta de mi suegra, pensé que me enviaba alguna postal de sus viajes como era su costumbre pero esta vez no me envió una postal sino dos fotografías de Raymond. ¡Qué extraño! ¿Cuándo las habría sacado?

Busqué más información dentro del sobre y encontré una carta que decía: "Hola preciosa, te envío las fotos de mi querido hijo cuando tenía dos años para que veas que no mentía. Raymond es idéntico a su padre. Consérvalas por favor. Estoy tan feliz de que Evan tenga ahora una familia y una esposa tan buena y dulce como tú..."

Tomé la foto y vi a mi hijo sentado sobre la alfombra del comedor y pensé que el parecido era asombroso. Se parecían tanto y a medida que pasaba el tiempo ese parecido se había acentuado y me pregunté si sería cierto algo que había dicho mi madre sobre que el bebé tenía la cara de Evan porque me había enamorado de él mientras lo llevaba en la panza.

Sin embargo ella dijo que no me juzgaba.

Eran tonterías.

El hijo era de Andrew pero Evan le dio su apellido y luego, lo demás simplemente pasó.

Mi madre apareció entonces y fue inevitable que viera la fotografía y por supuesto pensara lo peor.

—Es idéntico, ¿lo ves?

—Mamá, basta, no te rías. Eso no puede ser ¿entiendes? Porque lo que pasó entre Evan y yo fue mucho después de quedar embarazada. Es imposible lo que insinúas.

—Sophia, no te enojes. Pero es evidente que entre ustedes hubo algo antes de la boda por eso no querías casarte ¿verdad?

—Eso no fue así mamá, no quería casarme porque no estaba tan enamorada para hacerlo.

—Pero ahora eres feliz, ¿él te hace feliz cariño?

—Por supuesto que sí, lo amo mamá y me parece de mal gusto que digas que me quedé embarazada de otro hombre cuando estaba casada con Andrew. Tú me conoces. Sabes que jamás haría eso.

—Sí, por supuesto, nunca dije que... pero dime algo, ¿por qué lo anotó con su nombre? Debió llevar el apellido de Andrew y sin embargo se llama Holmes.

—Es que Andrew murió mamá, murió y me dejó embarazada y... quería rehacer mi vida, liberarme del dolor y de la horrible culpa de esa época. Por primera vez he vuelto a enamorarme sentir que puedo confiar y entregarme a un hombre sin miedo y tú vienes y me acusas de que el hijo no era de Andrew sino de Evan.

Evan entró en ese momento y miró a mi madre con cara de pocos amigos.

—¿Qué es lo que ocurre aquí?—preguntó mirando a mi madre— Señora Lavigne, por favor. Su hija está esperando un bebé y no puede disgustarse.

Mi madre sostuvo su mirada.

—Lo lamento pero no sé por qué se enoja. Todos lo dicen y... es evidente Evan que Raymond se parece mucho a ti. Es idéntico, mira esa fotografía.

Evan la vio y palideció.

—Señora Lavigne sus insinuaciones son incómodas y algo desagradables. Acabo de oír la conversación y lo que le dijo a su hija no fue muy cortés. ¿Por qué mejor no regresa a Boston y nos deja en paz? Lamento decirlo pero Sophia está embarazada y en menos de tres meses nacerá nuestra hija y no quiero que nada la altere.

—Está bien, me iré. Eso te hará feliz. Siempre has apartado a Sophia de su familia, de sus amigos, por eso la trajiste aquí. Para alejarla de todos y tenerla sólo para ti.

—Sophia es mi esposa y es la mujer que amo señora Lavigne y mi único deseo es protegerla y hacerla feliz. Ella es muy feliz aquí.

Intervine para evitar que la pelea se agrandara pero mi madre no cambió su decisión y se marchó poco antes del mediodía.

El día estaba gris y tenía sueño, Raymond dormía como un lirón en su habitación y Evan pensó que podíamos aprovechar el rato libre para estar juntos.

Y mientras me hacía el amor me dijo que me amaba y que no permitiría que nadie me hiciera daño.

—Te amo preciosa y quisiera que ese maldito fantasma me dejara en paz—dijo entonces.

Creo que en algún rincón de mi mente lo supe y que la primera vez que hicimos el amor recordé algo que tenía escondido en mi cabeza.

—Evan... mírame. Dime la verdad... ¿Por qué todos creen que Raymond es tu hijo? Se parece tanto a ti... desde que es bebé y veía su boquita roja succionar de mis pechos, su cara, sus rasgos... se parece tanto a ti mi amor... dime por qué pasó eso? Crees que fue coincidencia... qué...

Sentí que mis palabras lo habían provocado y estaba nervioso, sus ojos eran dos llamaradas azules y su beso desesperado resbaló por mi cuello mientras me penetraba con fuerza y decisión.

—Perdóname preciosa, perdóname mi amor no quise hacerlo... pero me moría por hacerte el amor... Raymond es mi hijo Sophia, lo es y por eso cuando supe que estabas embarazada te llevé a mi departamento y cuidé de ti.

Sus palabras me dejaron helada. No podía ser... cómo diablos me hizo un bebé sin que sospechara nada.

—Pero tú... tú nunca.

—Sí lo hice preciosa, entré como un bandido en tu habitación cuando él vendó tus ojos. Era nuestro trato y debía cumplirlo, si no lo hacía lo amenacé con llevarte conmigo. Lo habría hecho, estaba desesperado. Andrew lo aceptó pero para ello debías tener los ojos vendados y la habitación debía estar oscura.

Dijo que debía usar protección y sólo lo haría una vez y en su presencia. No permitiría que desobedeciera.

Esa noche él estaba ebrio y me dijo que quería dejarte embarazada que su madre se lo había pedido y que por eso... debía cuidarme.

Se embriagó y cayó dormido y tú creíste que era él y respondiste a mis caricias Sophia. Te entregaste a mí como jamás esperé que lo hicieras y sabiendo que él no podría vernos me quité la protección porque quería sentirte en profundidad, lo hice... esa noche estuve más de una hora en tu habitación, en tu cama, pero al día siguiente quería volver a ti, no podía sacarte de mi cabeza y esperé que te hiciera el amor para vendar tus ojos y esperar que se durmiera de nuevo.

—No... es imposible. Raymond es hijo de Andrew, tú no pudiste hacerme eso.

—Sí, soy su padre, hice una prueba de ADN de tu sangre hace tiempo, es mi hijo preciosa, nuestro hijo... y siempre supe que existía esa posibilidad.

—Déjame Evan, ¿cómo pudiste ser tan cruel?

—Perdóname preciosa, iba a decírtelo pero temía perderte... Era mi hijo, yo te lo hice, ¿cómo esperabas que te dejara ir, que me arrebataras al bebé? Jamás habría podido acercarme a ti si te confesaba todo al comienzo.

Lloré pero Evan dijo que debía calmarme, que pensara en la niña.

—Ya está hecho mi amor, pudo ser de Andrew pero no lo es. Es mío y... No hay nada que podamos hacer, preciosa. Estás esperando un bebé de nuevo, somos una familia ahora. Acéptalo. Perdóname Sophia. Eres mía y luego de esas noches sentí que me volvería loco, tenía que buscarte, acercarme a ti porque Andrew estaba muy enfermo.

Ahora lo entendía.

Andrew me había compartido, había aceptado el infame trato y tal vez me drogó para que no lo supiera. Pues había episodios de la luna de miel que no recordaba.

—Abusaste de mí y por qué no te cuidaste por qué lo hiciste...

—Yo lo llevé a ti preciosa, tú debías ser mía, hicimos un trato... el trato era compartirte pero él no lo cumplió. Me vengué. Lo obligué a que lo hiciera o te diría la verdad sobre las chicas que visitaban su departamento a escondidas. Las chicas que compartíamos.

—¿Qué dices? ¿Acaso Andrew me era infiel? No... no puede ser.

—Andrew tenía esa vida antes de conocerte y jamás renunció a ella, tengo pruebas de ello y él lo sabía... por eso me ayudó esa noche cubriendo tus ojos. Sabía cómo te hacía el amor porque los había espiado, tú no notaste la diferencia porque esa noche él puso algo en tu bebida. Te gustó estar conmigo, sé que lo disfrutaste y yo no pude olvidarme de esa noche y regresé días después cuando Andrew dormía y te hice el amor y quedé atrapado en tu cuerpo. Descubrí que te quería para mí y que nunca olvidaría que habías sido mi mujer ni la manera en que respondiste...

—Estás loco. Todo esto... parece una locura, un invento. No puede ser. Raymond...

—Andrew no podía dejarte embarazada, estaba enfermo, su médico lo dijo cuando le pregunté en privado qué posibilidades había. Sabía que ese bebé también podía ser mío y me desesperé, quería estar contigo Sophia y si el niño era mío no quería perderte.

Evan tuvo que mostrarme la prueba de ADN que se hizo hace tiempo para convencerme, allí estaba, un simple análisis de sangre marcaba un noventa y nueve por ciento de coincidencia.

Me sentí abrumada y triste por esa revelación, toda mi felicidad se esfumaba como un sueño y ahora debía decidir qué haría porque faltaban dos meses para que naciera nuestra hija.

Estaba en shock, me costaba creer que Evan hubiera sido capaz de seducirme y que Andrew lo hubiera ayudado. Que vendara mis ojos y me atara con la excusa de practicar un juego nuevo.

Debí estar muy ebria para no notar la diferencia o Evan fue muy hábil para engañarme, todavía me costaba creerlo y por ende tomar una decisión.

Recuerdo que esa noche lloré y quise irme, no sabía a dónde pero me vestí rápido pero Evan me alcanzó cuando llegaba al comedor. Estaba asustado y desesperado.

—Sophia no puedes irte, acaso vas a abandonar a Raymond. Es nuestro hijo y te necesita, por favor. Perdóname preciosa, estaba obsesionado contigo, estaba loco por ti... Te amo y no podría vivir sin ti mi amor, perdóname. Quise decirte la verdad cuando vi el resultado de ADN y John preguntaba por el bebé de su hijo, quise hacerlo pero no tuve valor. Temí que algo le pasara al bebé o a ti...

—Déjame... tú no sabes cuánto me has lastimado, no tienes idea... abusaste de mí y luego me encerraste en tu departamento, me convenciste de que debía hacer quietud. Tal vez me embriagaste y me hiciste el amor entonces también.

—No... jamás te toqué Sophia, moría por hacerlo, por acercarme a ti pero mi primo estaba muriéndose y no soy tan desalmado. Ven aquí, no me odies preciosa, por favor, cometí un error pero no soy un demonio, amo a mi hijo y si no hubiera sido mío también lo habría querido porque te amo preciosa, te amé mucho antes de hacerte el amor esa noche pero no lo sabía...

Contuve mis lágrimas y me senté porque sentí que el bebé pateaba y me provocaba una contracción.

No sé qué hubiera pasado si lo hubiera sabido antes de nacer Raymond, seguramente lo habría abandonado pero tuve que reconsiderar esos casi tres años y medio que habíamos estado juntos. Evan se había convertido en mi amor, en mi mundo, era un marido tierno y cariñoso y la pasión que compartíamos era maravillosa. Día tras día sufría hasta que llegaba a mi lado del trabajo en la ciudad y me abrazaba y besaba.

No quería perderlo a pesar del dolor que estaba sintiendo o tal vez por ello. Iba a tener otro bebé ¿y qué habría pasado con Raymond si nos separábamos?

Me detuve y regresé a la cama intentando dominarme, no quería que nada adelantara el parto pues sabía lo complicado que podía ser en esa altura del embarazo.

—Evan, llama al doctor, no me siento bien...necesitaría un calmante pero sabes que no puedo tomar nada por la niña.

Él se asustó y me abrazó.

—¿Qué tienes? ¿Te duele algo?

Asentí y le pedí un vaso de agua fresca.

Afortunadamente la pequeña estaba bien, yo la sentía moverse mucho y patear pero era normal, las contracciones cesaron pero el doctor que me examinó dijo que hiciera quietud unos días y si las contracciones regresaban con una frecuencia de inusitada fuera al hospital.

Me llevó tiempo superar esa historia, todo, las infidelidades de Andrew, la seducción de Evan...

Me costó mucho entenderlo y perdonarlo, casi renuncié a entender sus razones y sin embargo me alegré de que fuera el padre de Raymond porque se parecían tanto y había tanto amor entre los dos. A pesar de que vivía pegado a mí por su corta edad ver a su padre siempre lo ponía feliz y Andrew no merecía ser el padre.

Tal vez lo supe mucho antes, tal vez en mi inconsciente quedó algo de esa noche cuando fue la última vez que ese par compartió una chica. Observé que Evan tenía la misma altura y complexión atlética que Andrew y tal vez por ello no noté la diferencia pero...

No fue sencillo para mí. Nada fácil.

Supe luego que él había hablado con los padres de Andrew luego de enterarse del resultado y por eso jamás habían vuelto a llamarme y tuvo que marcharse de Nueva York.

Su idea había sido recomenzar en otro país pero tal vez existían esas razones que ahora podía entender.

Estuve triste muchos días, triste y aturdida pero no me derrumbé tanto como esa noche, comencé a sobreponerme pues tenía un bebé en mi panza y eso lo cambiaba todo. De haberlo sabido en su momento o antes de naciera Raymond mi decisión habría sido otra pero estaba enamorada de Evan y no quería separarme, pensé que los momentos buenos, todo lo que era en mi vida eran más importantes que esa seducción perversa y el engaño. Pero también comprendí que debía vivir con eso y superarlo. Ya estaba. Había pasado. Debía superarlo y dejarlo atrás y no pensar más en ello.

Y cuando esa noche se me acercó y me besó sentí que temblaba y me moría por hacer el amor, no podía aguantar más ese distanciamiento.

—Perdóname preciosa—me susurró al oído.

Me quité el vestido despacio y Evan desesperado entró en mí y lloré de la emoción.

—Nunca más vuelvas a ocultarme secretos Evan, nunca más lo hagas ni me lastimes así porque no voy a perdonarte ¿entiendes? No lo haré.

Él secó mis lágrimas, conmovido.

—No... jamás volveré a ocultarte nada preciosa, te amo tanto. Eres todo para mí, mi vida entera y si te perdiera un día me volvería loco, no querría vivir...

Lloré mientras hacíamos el amor sintiendo tanto dolor por haber pensado en abandonarle, en terminar nuestra historia, estaba atrapada, atrapada en su cuerpo, en su corazón, en su alma entera. Evan me había conquistado con sutileza venciendo el miedo a involucrarme que había tenido durante años, porque no es lo mismo ser amada y venerada que amar sin reservas y total entrega. Al fin sabía el verdadero significado de eso, porque sabía que nunca había amado con tal intensidad y que si abrí mi corazón a Evan fue porque él me había enamorado.